# 신바람 글쓰기

논술의 기초를 확실히 다지는 초등 학생 글쓰기 실기 훈련 프로그램입니다.

**이경자 · 이동렬** 함께 지음

**2** 초급
높은반 용
6권 중 제2권

# 운문과 산문 쓰기

책 속의 책

내 아이를 선생님처럼 지도할 수 있는
해설 · 해답집

그래그래

# 이 **책**의 **구성**과 **특징**

**신바람 글쓰기**는 논술의 기초를 확실하게 다지는
초등 학생 글쓰기 실기 훈련 프로그램입니다.
총 6권으로 구성된 이 실기 훈련 프로그램은 초등 학교 쓰기 책 12권과
새로 추가된 논술 학습 과정에 맞추어 어린이의 논리적 상상력과
언어적 표현력 향상에 최우선 목표를 두고 있습니다.

## 1. 논술의 기초를
### 확실하게 다지는 실기 훈련

■ 논술도 엄밀하게 따져 보면 낱말과 낱말을 연결하여 문장을 만들고 문장과 문장을 연결하여 나의 생각과 주장을 상대방에게 전달하는 글 쓰기입니다. 이런 글 쓰기를 위해서는 ▷ 낱말을 바르게 적는 법, ▷ 문장을 만드는 법, ▷ 문장을 치장하는 부호를 바르게 사용하는 법부터 확실하게 익혀야 생각의 단위를 나타내는 문단을 만들 수 있습니다.

■ 이 책에서는 이런 기초 다지기를 위해 초등 학교 1학년부터 6학년까지 배우는 ▷ 문장 부호 사용법, ▷ 원고지 쓰는 법, ▷ 문장 만들기, ▷ 일기쓰기, ▷ 동시쓰기, ▷ 생활문쓰기, ▷ 보고문쓰기, ▷기록문쓰기, ▷기행문쓰기, ▷독서 감상문 쓰기, ▷독서 기록 카드 쓰기 등 초등 학교 쓰기 교육 과정에서 꼭 이수하고 넘어가야 할 글 쓰기 실기 훈련 프로그램을 초급·중급·고급 과정으로 나누어 심화 학습과 반복 학습을 하며 논설문을 쓰기 위한 기초 다지기 과정을 확실하게 마치도록 구성했습니다.

## 2. 청소년기
## 독서 생활과
### 논설문쓰기

■ 논설문쓰기는 한 마디로 말해서 지적이고 논리적인 글 쓰기입니다. 이런 논리적인 글 쓰기를 위해서는 우선 논설문을 잘 쓰는 다른 사람의 글과 나와 다른 생각을 가진 사람이 써놓은 글부터 읽어서 정확하게 내용을 파악하고 주요 핵심을 찾아낼 줄 아는 독서 생활이 선행되어야 합니다.

■ 이 책에서는 이런 독서 생활을 위해 청소년기에 읽어야 할 본보기 글과 예문을 국내 작가들의 순수 창작물과 전래동화, 위인전 등에서 인용하여 폭넓게 수록했으며, 읽은 뒤에는 자기 생각을 덧붙여 상대방의 글을 비판할 수 있는 과정을 단원마다 수록해 심화 학습이 가능하도록 했습니다.

## 3. 교육 과정 개정과
### 논술 학습

■ 교육 과정 개정으로 초등 학교 교육 목표는 논리적 추리력과 사고력을 지닌 인간형 육성에 큰 비중을 두고 있습니다. 앞으로는 녹음기처럼 학습 과목을 달달 외우는 학생보다 논리적 추리력과 상상력이 담긴 글 한 편을 잘 쓰는 어린이가 상급 학교 진학과 사회 진출에서 성공하도록 초·중·고 교육의 전반적 방향과 목표가 종전과는 많이 바뀌고 있습니다.

■ 이 책은 이런 교육 과정 개정에 맞추어 ▷ 글 쓰기와 논술의 기초, ▷ 설명문, ▷ 기록문, ▷ 보고문, ▷ 마인드 맵으로 논설문 쓰기 등을 통해 초등 학생들이 논리적 추리력과 상상력을 키울 수 있도록 단원마다 반복 훈련과 심화 학습을 통해 논술 학습 능력을 키우도록 했습니다.

## 4. 선행 학습과
### 국어 능력 심화 학습

- 초등 학교 어린이 교육에서 어느 과목을 다른 학생보다 한 며칠이나 몇 주 먼저 배우는 〈선행 학습〉은 엄청난 결과를 불러옵니다. 또 그렇게 배운 선행 학습 내용을 완전히 내 것이 되게 〈심화시키는 학습〉은 학습의 성취도 면에서 엄청난 결과를 낳습니다.
- 이 책은 초·중·고 학생들이 논설문을 쓰는데 필요한 글 쓰기 전문 지식과 과정별 실기 훈련 과정이 국내 어느 글 쓰기 책보다 과학적으로 잘 짜여 있습니다. 또 심화 학습 과정을 통해 글 쓰기 전문 지식을 한 번 내 것으로 만들어 놓으면 초·중·고교는 물론 대학에 가서도 부족함이 없을 정도로 초·중·고급으로 나누어 쉽게 설명되어 있습니다.

## 5. 논술 학습 성공과
### 상급 학교 진학

- 논리적 추리력과 상상력이 담긴 어린이의 글 한 편이 상급 학교 진학은 물론 한 청소년의 사회 진출과 성공을 결정하는 시대가 우리 앞에 다가와 있습니다. 상급 학교 진학을 지도하는 교육 기관에서는 벌써부터 "논술이 희망이고 미래다."라는 말까지 하고 있습니다.
- 이 책은 이런 일선 교육 기관의 요구와 바램을 충족시켜 줄 수 있게 글 쓰기와 논술 학습의 성공을 위한 효율적 실기 훈련 과정을 크게는 초·중·고급으로 나누고 다시 낮은반과 높은반으로 나누어 여섯 권에 골고루 실었습니다. 그러므로 이 책 여섯 권을 떼고 나면 논술의 기초 다지기는 물론 평생의 어문 생활도 성공할 수 있습니다.

## 6. 선생님과
### 학부모를
#### 위한 해설·해답

- 초등 학생들의 글 쓰기 교육이나 논술 학습은 어떤 선생님과 학부모님을 만나 어떻게 지도를 받느냐에 따라 그 결과는 판이하게 달라집니다. 결국 학습 분위기가 잘 갖춰진 가정에서 태어난 어린이가 글 쓰기와 논술 학습에서도 단연 두각을 나타내게 되어 있습니다.
- 이런 학습 분위기를 갖추기 위해서는 학교나 학원은 물론 학부모도 절반은 논술 학습을 지도 할 수 있는 선생님 수준으로 교육되어 있어야만 자기 자식을 효율적으로 지도할 수 있습니다.
- 이 책은 이런 문제를 해결하기 위해 〈책 속의 책〉으로 만든 〈학생 지도 방향과 해설·해답집〉을 책 끝에 수록했습니다. 글 쓰기에 기초 지식이 없는 학부모님과 학원 지도강사 님도 이 학생 지도 방향과 해설·해답집을 보면 초등 학생들의 글 쓰기와 논술 학습의 교육 목표가 바로 이해되며 자신감을 가질 수 있도록 구성했습니다.

## 7. 전문가 그룹의
### 집필진

- 이 책을 지으신 이경자 선생님과 이동렬 교수님은 초등 학교 교사, 교육 전문지 기자, 문화 센터 글쓰기 지도강사, 아동문학 작가, 대학 교수 등으로 오랜 기간 학생 글 쓰기 지도에 심혈을 기울여 오신 전문가 그룹의 집필진이십니다.
- 또 표지와 본문에 그림을 그려 주신 채윤남 화백과 조희정 선생님, 그리고 이 책을 기획하고 본문의 매 쪽마다 교육적 효과를 살리기 위해 〈지면 레이 아웃〉을 시도한 편집진 역시 국내 정상의 전문가 집단에서 오랜 기간 전문성을 인정받으며 일생을 살아오신 분들입니다.
- 이 책은 이런 다양한 경험과 전문성을 지닌 초등 학교 선생님, 아동문학 작가, 대학 교수, 소설가, 화가, 컴퓨터 그래픽 전문가 등이 팀을 이루어 여러 차례의 수정과 보완 작업을 거친 후 펴낸 최종 결정판입니다. 그러므로 이 책으로 글 쓰기와 논술 학습을 준비한 학생은 반드시 성공의 결실을 거둘 것입니다.

# 차례

머리말 ··· 8

## 첫째 마당 ― 생활문쓰기

## 둘째 마당 — 동시쓰기

# 차례

### 다섯째 마당 ― 독서 기록 카드 쓰기와 내가 읽고 싶은 책



### 책 속의 책 ― 내 아이를 선생님처럼 지도할 수 있는
### 학생 지도 방향과 해설·해답 … 101

# 머리말

## 지도하시는 선생님과 학부모님께

요즘 들어 글쓰(짓)기에 대한 관심이 부쩍 늘었습니다. 이는 초등 학교에서 시험 보는 횟수가 차츰 줄어들고 서술형 문제가 많이 출제되기 때문이며, 중·고등 학교에서도 주관식 문제나 논술형 문제로 시험을 치르는 영향이지요. 그리고 무엇보다 큰 이유는 대학 입시에서 논술 고사를 보는 학교가 많아져서 그렇지요.

그런데 글이 말하는 것처럼 술술 써질 수는 없을까요? 이것은 누구나 이루어졌으면 하는 바람이지요. 그러나 바란다고 뜻대로 되는 것은 아니니 그저 꾸준히 연습하는 수밖에요.

하지만 글의 종류가 많고 짜임도 글의 종류에 따라 복잡해 무조건 연습만 한다고 금세 효과를 보는 것은 아니랍니다. 이 책은 그런 걱정을 덜고자 두 사람이 교직 생활, 교육 전문지 기자 생활, 여러 문화 센터 지도 강사 생활의 경험을 바탕으로 지루한 이론 위주에서 벗어나 연습 문제 중심으로 엮었습니다. 책을 꾸밀 때 초등 학교 '쓰기' 책 12권을 모두 분석하여 꼭 필요한 내용들만 활용하여 엮었고, 그 후 교육 과정 개정 때마다 바뀌는 내용들을 추가로 보충하여 왔습니다.

그렇기 때문에 현장에서 지도하시는 선생님과 학부모님들이 이 책으로 학생들을 단계별로 지도하면 자기도 모르게 전문가가 될 수 있을 것입니다. 또한 어린이 혼자 스스로도 재미있게 글쓰기 공부를 해나가기도 한결 쉬울 것입니다.

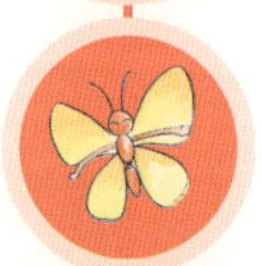

많은 참고 바랍니다.

2005년 겨울에
지은이 이 동 렬 씀

# 생활문쓰기

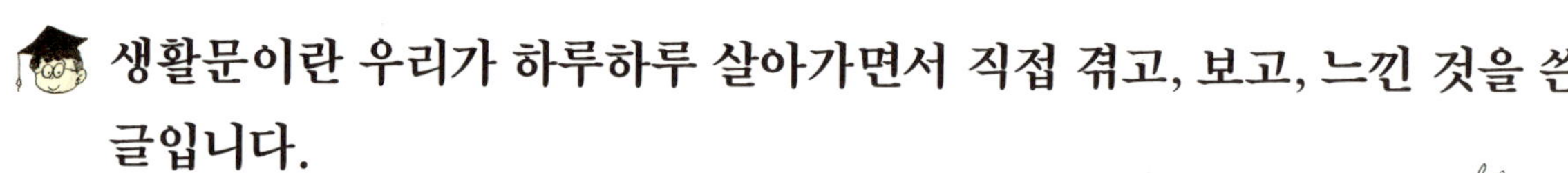


생활문이란 우리가 하루하루 살아가면서 직접 겪고, 보고, 느낀 것을 쓴 글입니다.

## 글감

글감은 글 쓸 거리를 말합니다.

## 글감 찾기

1. 자기 주변으로부터 찾기.
2. 시간별로 찾기.
3. 자기가 중심이 되어서 찾기.

## 표현 방법

**계획 세우기** ➡
1. 앞 부분 : 글의 시작.
2. 중간 부분 : 중심되는 내용.
3. 끝 부분 : 글의 마무리.

**내용 쓰기** ➡
1. 경험한 일 쓰기.
2. 어떤 사건을 중심으로 쓰기.
3. 솔직하게 쓰기.
4. 자세하게 쓰기.
5. 자기 생각이나 느낌을 글로 쓰기.

🎓 생활문 보기 글 〈친구〉를 감상해 봅시다.

## 친구

오늘 학교에 갔는데 개구쟁이 내 친구 정민이가 오지 않아서 나는 깜짝 놀랐습니다. 공부가 끝나고 집에 오자마자

"엄마, 학교에 다녀왔습니다. 그런데 정민이가 오늘 학교에 결석했어요."

"그래, 잘 갔다 왔니? 정민이가 홍역 때문에 몹시 아파서

학교에 못 갔단다."

하고 엄마가 얘기해 주셨습니다.

어제까지 건강하고 나를 괴롭히던 정민이가 홍역
에 걸려 집에만 누워 있다니 웃음이 나왔습니다.

정민이는 심심하면 내 머리를 잡아당기고, 내 치마에 물감
을 칠하고, 내 연필을 감추는 아주 말썽꾸러기였습니다.

나는 정민이가 미워서 운 적도 많았습니다. 그런데 정민이가 홍역 때문에 학교에도 못 오고 집에만 있으니까 불쌍했습니다.

홍역이라는 것이 개구쟁이 정민이를 꼼짝 못하게 하니 굉장히 무서운 병인가 봅니다.

'해해해, 난 홍역 예방 주사를 맞았으니까 안심이야.'
하고 엄마한테 자랑을 했습니다.

요즈음 홍역이 유행하니까 손과 발을 깨끗이 닦으라고 엄마가 말씀하셨습니다.

정민이가 빨리 나아 놀이터에 가서 놀았으면 좋겠습니다.

[1학년 박정현]

생활문 보기 글 〈친구〉를 원고지에 바르게 옮겨 써 봅시다.

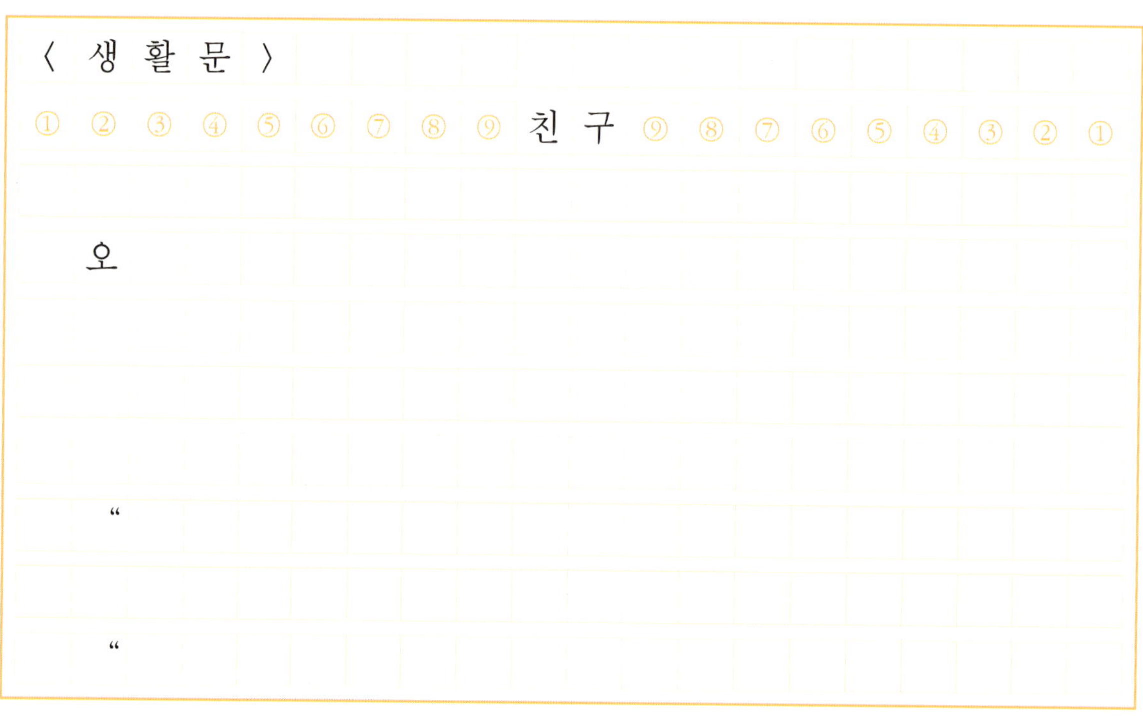

　으
하
요

정

[ 1 학 년 　 박 정 현 ]

🧑 생활문 보기 글 〈무서운 꿈〉을 감상해 봅시다.

# 무서운 꿈

대전 유성 초등 학교
1학년 이원준

저녁에 아주 무서운 꿈을 꾸었다.

꿈속에서 형과 나는 옥상에서 칼싸움을 하였다. 재미있게 놀다가 내려오는데 나는 무서워서 벌벌 떨고 있었다.

형은 혼자 옆집의 옥상으로 뛰어가서 빨리 오라고 나를 놀리고 있었다.

"형, 난 무서워서 못 가겠어."

"이 바보야, 얼른 뛰어와."

하고 형이 소리를 질렀다.

나도 화가 나서 옆집의 옥상으로 뛰었는데 떨어졌다. 너무너무 무서워서 엉엉 울었다. 그런데 눈을 떠 보니 꿈이었다.

엄마가 내 옆에서 뜨개질을 하고 계셔서 엄마를 붙들고 엉엉 울었다.

"원준아, 왜 그러니?"

"형은 악마야! 나를 배신했어."

나는 울면서 엄마에게 꿈 이야기를 했더니 깔깔 웃으셨다.

"우리 원준이 키가 많이 컸겠구나. 바로 그런 것이 키가 크는 꿈이란다."

하고 엄마는 나를 안아 주시면서 말씀하셨다.

정말로 키가 많이 컸을까?

어서 빨리 형보다 키가 더 컸으면 좋겠다.



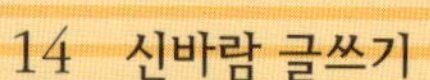

함께 생각해 봅시다.

🎓 생활문 보기 글 〈무서운 꿈〉을 원고지에 바르게 옮겨 써 봅시다.

〈 생 활 문 〉

① ② ③ ④ ⑤ ⑥ ⑦ 무 서 운    꿈 ⑧ ⑦ ⑥ ⑤ ④ ③ ② ①

대 전    유 성    초 등    학 교 ③ ② ①

1 학 년    이 원 준 ② ①

저

꿈

형                                                                     ∨

"

"

하

나

엄

"

"

나

"

바 ")

정

어

# 다른 친구가 쓴 생활문 감상 ❸

 생활문 보기 글 〈동화 구연 대회〉를 감상해 봅시다.

# 동화 구연 대회

부산 동래 초등 학교
2학년 김은지

선생님이 다음주 금요일에 동화 구연 대회를 한다고 하셨다.
나는 집으로 와서 엄마한테 무엇으로 하냐고 물어 보았다.
"네가 배운 책에서 골라 봐."
나는 책을 꺼내 죽 훑어 보았다.
"엄마, '파도는 지우개'야 할까?"
"그래, 그게 재미있겠다."
하고 엄마가 웃으셨다.
"파도가 찰랑찰랑, 그 담에 뭐지?"
이렇게 나는 한 줄씩 천천히 읽으면서 열심히 외웠다.
우리 반은 학교 대회에 나간다는 아이들이 너무 많아서 교실에서 우선 동화 구연 대회를 하였다. 나는 가슴이 마구 떨렸지만 천천히 발표했다.
선생님이 후보에 오른 사람은 4명이라고 하셨다.
"김은지!"
하고 내 이름이 톡 튀어나와 나는 깜짝 놀랐고 기뻤다.
나는 집에서 더 열심히 목소리를 크게 하며 연습했다.
"엄마, 나 뽑힐 수 있을까?"
하고 나는 걱정이 되어서 엄마 손을 꼭 잡고 얘기를 했다.
"안 뽑히면 어때. 엄만 예선에 오른 것만으로도 기뻐."
"정말?"
저녁때가 되었다. 아빠, 엄마, 오빠가 있는 식탁에서 진짜처럼 동화 발표를 하고 학교 대회에 나갔다.
발표하는 날 내 차례가 되어 발표를 했는데 뽑히지 못했다.
나는 섭섭했다. 열심히 하였는데…… .

# 생활문, 원고지에 바르게 옮겨 쓰기 ❸



생활문 보기 글 〈동화 구연 대회〉를 원고지에 바르게 옮겨 써 봅시다.

생활문 보기 글 〈착각 때문에〉를 잘 감상해 봅시다.

## 착각 때문에

“산에 사는 것은 무엇이 있지요?”
선생님께서 물으셨다.
“다람쥐입니다.”
“토끼입니다.”
하고 친구들이 대답을 했다.
　드디어 내 차례가 되었다. 나는 ‘산’ 자가 들어가는
말을 생각했다. 갑자기 ‘산낙지’ 생각이 들었다.
　“산낙지입니다.”
하고 말했더니 아이들이 큰 소리로 웃었다.
　“왜 웃어. 내 말이 틀렸어? ‘산’ 자가 들어가는 산낙지라고 말했는데. 선
생님, 제 말이 맞죠?”
　내가 선생님께 말씀드렸다.
　“범연아, ‘산’ 자가 들어간다고 산에 사는 동물이 아니란다. 산낙지처럼
‘산’ 자가 앞에 있다고 낙지가 산에서 살 수는 없잖아? 호호호.”
　잘 웃지도 않는 선생님이 오늘은 가르쳐 주시면서도 계속 웃으셨다.
나는 괜히 서두른 것이 후회되었다.
　“산에 사는 것은 산낙지, 하하하.”
　공부가 끝난 후에도 아이들은 웃으며 나를 놀렸다.
　‘내가 왜 산에 사는 것이 산낙지라고 했을까?’
　나는 후회하며 되도록 아이들이 없는 곳으로 다녔다.

[3학년 김범연]

함께 생각해 봅시다.

생활문 보기 글 〈착각 때문에〉를 읽고 생활문 얼개 짜기를 해 봅시다.

## 생활문 얼개 짜기

| 제 목 | |
|---|---|
| 앞 부분 | 1.<br><br>2. |
| 가운데 부분 | 1.<br><br>2.<br><br>3. |
| 끝 부분 | 1.<br><br>2. |

# 대화글 찾아 큰따옴표로 묶어보기



생활문 보기 글 〈꽃밭에서〉를 잘 읽은 뒤에 대화글을 찾아 큰따옴표로 묶어 봅시다.

## 꽃밭에서

대구 시지 초등 학교
2학년 이프르니

푸르니와 오빠는 늘 사이좋게 꽃밭에서 놀았습니다.

푸르니와 아람이는 항상 사이좋게 놀지만 가끔 꽃 때문에 다투었습니다. 푸른아, 너는 어떤 꽃이 제일 예쁘니?

이거 하고 푸르니는 가장 곱게 핀 장미꽃을 가리켰습니다. 오빠는?

아람이도 그 장미꽃이 가장 예쁘다고 말했습니다. 오빠, 그러는 게 어디 있어? 내가 가리킨 장미꽃을 자기도 예쁘다고 하면 어떻게 해? 푸르니는 뾰르퉁해졌습니다. 아람이도 화가 나서 장미꽃은 자기꽃이라고 우겼습니다. 오빠는 나빠! 돼지 같아! 푸르니가 반은 울면서 대들었습니다.

🎓 큰따옴표로 묶은 〈꽃밭에서〉를 원고지에 옮겨 써 봅시다.

 생활문 보기 글 〈전화〉는 재미있는 글감으로 잘 썼으나 문장이 너무 짧습니다. 자세히 읽어 보고 문장을 잘 고쳐 봅시다.

생활문 보기 글

## 전화

전화 소리가 시끄럽게 울렸다.
나는 레고를 가지고 놀았다.
그러다가 나는 전화를 받았다.
"누구세요?"
하고 내가 말하자.
"야, 바보야! 약오르지."
하면서 누가 장난 전화를 하였다.
"야, 너 누구야!"
나도 화가 났다.
그래서 소리를 질렀다.
그러나 벌써 통화가 끊어졌다.
나는 다시 레고 놀이를 하고 있었다.
그 때 전화벨이 울렸다.
"야! 장난 전화 하지 마?"
하고 내가 소리를 질렀다.
그 때 저쪽에서 소리가 들렸다.
"아빠다, 엄마한테 늦는다고 전해라."
나는 가슴이 철렁했다.

 생활문 보기 글 〈동생〉을 읽고 뒷이야기를 상상해서 자세히 써 봅시다.

# 동생

어제 학교에 갔다 오니까 내 동생이 반겨 주면서
"언니, 잘 먹고 잘 살아라. 메롱!"
하고 나를 놀렸습니다.
"너 맞을래."
내가 화를 내면 동생은 '너'라고 부릅니다. 그리고 동생은 베개를 꺼
내서 나를 때립니다.
"엄마, 베개 빼앗아 줘."
"동생을 잘 달래면 되잖아."
나는 엄마 말씀을 듣고 동생을 달랬습니다. 하지만 주지 않았습니다.
오늘도 동생은 베개로 나를 때렸습니다. 나는 살짝 꼬집었습니다.
동생은 큰 소리로 울면서 엄마한테 일렀습니다.

 생활문 보기 글 〈낙서〉를 읽고 뒷이야기를 상상해서 자세히 써 봅시다.

## 낙서

"야호! 집에 가자!"

우리들은 소리를 지르며 집쪽으로 달려갔다.

학교 담벼락을 시멘트로 발랐다. 그것이 다 안 말랐는데 우리들은 그것도 모르고 담을 툭, 툭 차며 갔다.

담이 푹 파이기에 재미있어서 나는 내 이름을 새겼다.

다른 애들도 자기 이름을 새기려다가 갑자기 집에 빨리 간다면서

"나 먼저 집에 갈게."

하고 말하며 집으로 뛰어갔다.

나도 친구들과 같이 갔다.

며칠 후 아주머니들이 내 이름이 담벼락에 새겨 있는 것을 보고 엄마한테 말했다.

 생활문 보기 글 〈별명〉을 읽고 뒷이야기를 상상해서 자세히 써 봅시다.

# 별명

내 짝꿍 이름은 아주 특이하다.

이름이 '김동우' 인데 그 이름을 거꾸로 하면 '우동김' 이다.

그래서 친구들은 동우에게 이렇게 놀린다.

"야! 우동에 김이 나는 놈."

이라고 놀리면, 내 짝꿍은 화가 나서 놀린 애를 욕을 해가며 마구 때린다.

나 같아도 그렇게 때릴 것 같다.

오늘도 내 앞에 있는 민혁이는 아주 뚱보인데

"아! 맛있는 우동을 많이 먹었으면 좋겠다."

하고 내 짝꿍을 놀렸다.

함께 생각해 봅시다.

 다음 보기 글의 얼개를 가지고 자세히 써 봅시다.

## 선생님

### 앞 부분

① 새 학년 첫날 담임 선생님 발표 시간이 됨.
② 어떤 선생님이 오실까 하고 궁금함.

### 가운데 부분

① 지금 담임 선생님 이름을 밝힘.
② 얼굴을 보려고 노력함.
③ 교실에 들어와 인사 나눔.
④ 그동안 선생님과 사이에 있었던 일.

### 끝 부분

① 선생님의 좋은 점과 부족한 점.
② 선생님에 대한 희망 사항.

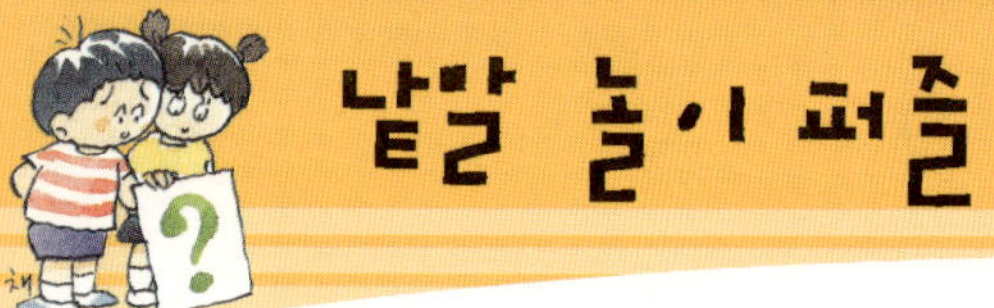
# 낱말 놀이 퍼즐 풀기

 낱말 놀이 퍼즐을 풀어 봅시다.

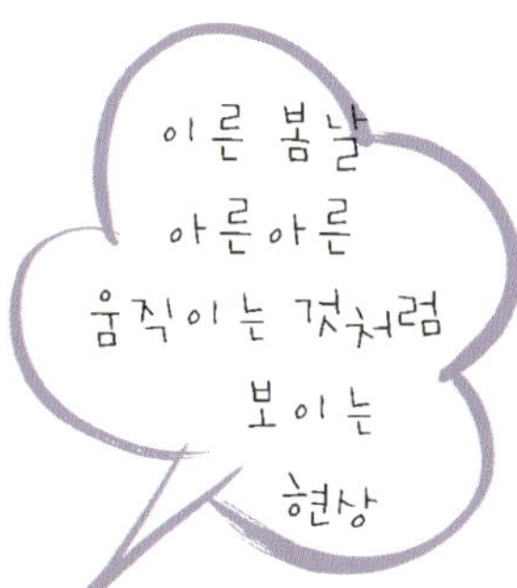

 **가로 열쇠**

1 한글을 만드신 임금님.

3 그 날 있었던 일을 쓴 글.

6 동시를 모아서 엮은 책.

7 집 안이나 교실에서 신는 신발.

12 부모님이 없는 아이.

13 점치는 일을 하는 사람.

14 걷는데 도움을 얻기 위해 짚는 막대기.

**세로 열쇠**

1 세로로 그은 줄.

2 화약의 힘으로 포탄을 멀리 내 쏘는 무기.

4 목이 가장 긴 동물.

5 말랑말랑하게 잘 익은 감.

6 어린이를 위하여 만들어진 이야기.

8 배가 아플 때 가는 병원의 부서.

9 이른 봄날 아른아른 움직이는 것처럼 보이는 현상.

10 중국에서 목화씨를 가지고 온 사람.

11 어린 소.

# 동시쓰기

[2학년 정창기]

 **동시란 어떤 글일까요?**

동시는 우리 마음속에 일어나는 여러 가지 생각이나 느낌을 말로 노래한 글입니다.

 **동시는 어떻게 짜여 있을까요?**

**행과 연**

행은 글 한 줄을 말합니다.
행과 행이 모여서 연을 이룹니다.

## 놀이터

| | | |
|---|---|---|
| 누나랑 | 1행 | 1연 |
| 놀이터에 갔다. | 2행 | |
| | | |
| 재미있게 | 1행 | |
| 그네를 타다가 | 2행 | 2연 |
| "쿵" | 3행 | |
| 땅바닥에 떨어졌다. | 4행 | |
| | | |
| 아이들이 | 1행 | 3연 |
| 쪼르르 달려왔다. | 2행 | |
| | | |
| 많이 아팠지만 창피해서 | 1행 | |
| 아프지 않은 척 | 2행 | 4연 |
| 벌떡 일어났다. | 3행 | |

[2학년 정창기]

##  동시는 어떻게 쓸까요?

1. 사람에 빗대어 씁니다.
2. 리듬을 살려서 씁니다.
3. 소리, 모습, 움직임을 흉내내는 말로 표현합니다.
4. 문장의 앞뒤를 바꾸어 쓰기.

##  동시를 쓸 때 주의할 점은 무엇인가요?

1. 꾸미지 않고 솔직하게 씁니다.
2. 남의 흉내를 내지 말고 나만의 표현을 합니다.
3. 쓰임이 적절한 말을 골라서 씁니다.
4. 되도록 말을 줄여서 씁니다.

## 다음 두 동시를 비교하여 보고 어디를 본땄는지 살펴 봅시다.

| 꽃사슴 | 산토끼 |
|---|---|
| 유경환 | |
| 아가의 새 이불은 | 동생의 새 이불은 |
| 꽃사슴 이불. | 산토끼 이불. |
| 포근한 햇솜의 | 포근한 햇솜의 |
| 꽃사슴 이불. | 산토끼 이불. |
| 소록소록 잠든 아가 | 소록소록 잠든 아가 |
| 꿈속에서 | 꿈속에서 |
| 꽃사슴 꽃사슴 | 산토끼 산토끼 |
| 타고 놀겠지. | 타고 놀겠지. |

##  생각한 것

### 꿈속에서

천사들이
날아다니며
웃고 있는 모습.

나는 보았지
꿈속에서

내가 커서
선생님이 된 모습.

나는 보았지
꿈속에서.

[2학년 이서영]

##  동·식물을 노래한 것

### 까치

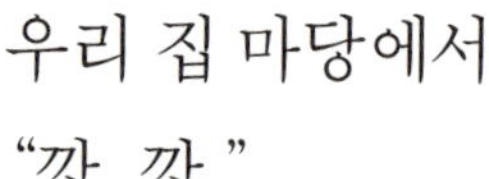

우리 집 마당에서
"깟, 깟."

까치가
노래를 불러서
기분이 좋았다.

아침마다
나를 깨우는 까치

난 까치가
보고 싶어서
문밖으로 나갔더니

"깟, 깟."
허겁지겁 도망을 갔다.

도망 가는 모습이
나를 웃겼다.

[2학년 백신애]

함께 생각해 봅시다.

##  직접 겪은 것

### 축구

아빠는 혼자
나와 동생은 같이
편을 가르고
시작한 축구

재미있게 놀다 보니
벌써
어둑어둑한 운동장

마지막으로
아빠가 찬 공에

안경테가 산산조각

아빠는 당황스런 얼굴로
"미안해, 미안해."
"어디 다친 데 없니?"

집으로 오는 길에
아빠는 괜히
내 눈치만 보신다.

[3학년 노시현]

##  보고 느낀 것

### 바다

나는 바다를
움직이게 할 수 있다.

돌멩이 하나를
바다에 던지면

동그라미가 커지며
바다 전체가 움직인다.

그럼
내가 세계를
울리게 할 힘이 있겠네.

내 친구들에게
자랑거리가 생겼다.

[3학년 임정택]

## 자연을 노래한 것

### 함박눈

함박눈이 왔어요.

동생과 나는 밖에 나가
발자국 무늬를 찍었어요.
재미있어서
손으로 무늬를 찍었어요.

그런데 동생 손이 빨갛게 되어
움직여지지 않았어요.

난
내 가슴속에
동생 손을 넣어 녹여 줬어요.

[2학년 김예지]

## 책을 읽은 것

### 생쥐와 난로

'생쥐와 난로' 라는
동화를 읽었다.

짓궂은 생쥐가
마음씨 착한 난로를
괴롭혔는데도
난로는
생쥐가 어려울 때
잘 보살펴 주었다.

이 동화를 읽고
난 생쥐 같고
내 친구는 난로 같아서
창피했다.

내가 생쥐처럼
친구를 때리고
괴롭힌 것을
후회하였다.

[2학년 곽규태]

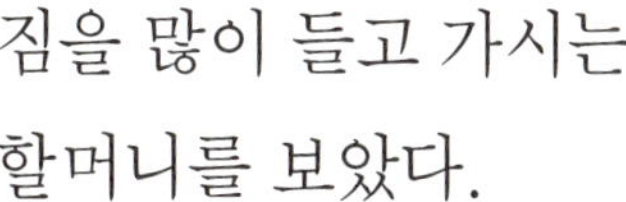 친구들이 쓴 동시 작품을 감상해 봅시다.

## 후회

짐을 많이 들고 가시는
할머니를 보았다.

길을 건널 때
다치시지 않을까?
걱정이 되어서

도와주고 싶었지만
용기가 나지 않았다.

집에 와서 생각해 보니
후회가 되었다.

[3학년 윤혜연]

## 짝꿍

연필로
내 손등을 콕콕 찌르고
사인펜으로
내 얼굴에 그림 그리는
얄미운 짝꿍

그런데 다른 반 아이가
나를 때리니까
쏜살같이 달려와서
내 편을 들어주는 고마운
내 짝꿍

[2학년 임효정]

## 수영

수영하다가
깊은 물에 빠졌다.
콧속으로
입 속으로 물이 들어왔다.

선생님이 건져 주셨다.
"선생님, 고맙습니다."
하고 인사를 했다.

선생님이 예절바르다고
칭찬해 주셨다.

[2학년 소미경]

 **친구들이 쓴 작품을 감상해 봅시다.**

## 자전거

자전거를
타다가 넘어졌다.
"수빈아, 아프지?"
아빠는 뛰어와서
3학년인 나를 업으셨다.

아빠의 오른손은
나를 업고
아빠의 왼손은
자전거를 끌고…….

"얼마나 힘드실까?"

[3학년 박수빈]

## 선생님

친구가 나한테
이쑤시개라고 놀렸다.

내가 화가 나서
친구를 때렸더니
친구는 침을 튀기고 도망갔다.

나는 선생님한테 일렀다.
하지만
선생님은 나만 야단치셨다.

나는 속상했다.

[2학년 김화선]

## 이불

동생이랑 침대에서 자는데          내 등허리를 때렸다.
자꾸 이불을 끌어가서 싸웠다.      그리고
그런데                              이불을 빼앗아 갔다.
동생이 큰 소리로 울었다.           이불 때문에 나만 혼났다.

[1학년 안지영]

엄마는 동생이랑 싸운다고

# 흉내말 넣어 새 문장 만들기

  〈보기〉와 같이, 문장에 흉내내는 말을 써 넣어 봅시다.

**보기**
시냇물이 (졸졸졸) 흘러갑니다.
사과가 (주렁주렁) 열렸습니다.

1. 새싹이 (                    ) 돋아납니다.

2. 노루가 (                    ) 뛰어갑니다.

3. 오리가 (                    ) 걸어갑니다.

4. 귀뚜라미가 (                    ) 노래합니다.

5. 바람에 유리창이 (                    ) 흔들립니다.

6. 색종이를 가위로 (                    ) 자릅니다.

7. 코스모스가 바람에 (                    ) 움직입니다.

8. 보리차가 (                    ) 끓고 있습니다.

9. 대추나무에 대추가 (                    ) 열렸습니다.

10. 동생이 물을 (                    ) 마셨습니다.

# 낱말에 따라 떠오르는 말 써 보기

 다음 낱말을 보고 떠오르는 말을 써 봅니다.

회전 그네

놀이터

예쁜 치마

어머니

동해 바다

여름 방학

불자동차

빨강색

 〈보기〉와 같이 말의 순서를 바꾸어 써 봅시다

**보기**

샘물이 맑습니다.

➜ 맑은 샘물

1. 바다가 넓습니다.

   ➜

2. 노을이 아름답습니다.

   ➜

3. 제비가 날아 갔습니다.

   ➜

4. 아기가 방긋 웃습니다.

   ➜

5. 바람이 솔솔 불었습니다.

   ➜

6. 개미가 줄지어 갔습니다.

   ➜

 〈보기〉와 같이 흉내내는 말을 넣어 문장을 만들어 봅시다.

**보기**

별들이 빛납니다.
➜ 반짝반짝 빛나는 별

1. 오이가 커갑니다.
➜

2. 개구리가 노래합니다.
➜

3. 도토리가 굴러갑니다.
➜

4. 팽이가 돕니다.
➜

5. 아기가 웃습니다.
➜

6. 병아리가 걸어갑니다.
➜

동시 〈눈〉을 완성해 봅시다.

## 눈

아침에 일어나

온 세상이

우리 집 앞

하얀 털옷을 입었어요.

우리 집 강아지도
하얀 솜이불을 덮고

인사하네요.

# 다 못 쓴 동시, 내가 완성해 보기 ❷

 동시 〈생일〉을 완성해 봅시다.

## 생일

우리 집 달력마다



오늘은
기다리던 내 생일입니다.


내가 좋아하는

                    ,                    ,

상 위에 가득합니다.
그러나 상 가운데 우뚝 선




하고 내가 촛불을 끄니
아이들이


친구들의 선물을 풀러 보니

                    ,                    ,

나는 금방                    된 것 같습니다.

 동시 〈시계〉를 완성해 봅시다.

## 시계

우두커니 앉아 있는
빨간 코끼리 시계

사다 준 예쁜 시계입니다.

내가 좋아하는

시간,
시간,
시간에는

코끼리 시계가 빨리빨리 달려갑니다.

내가 싫어하는

시간,
시간,
시간에는

코끼리 시계가 느릿느릿 기어갑니다.

아버지와 있었던 일을 글감으로 동시를 지어 봅시다.

자기가 쓴 동시로 시화를 만들어 봅시다.

34쪽의 동시 〈꿈속에서〉를 옮겨 시화를 만들어 봅시다.

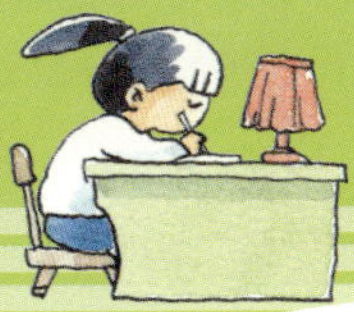

# 동시 보기 글, 시화로 만들어 보기 ②

| 공부한 날 | |
| --- | --- |
| 월 | 일 |

35쪽의 동시 〈바다〉를 옮겨 시화를 만들어 봅시다.

# 동시 보기 글, 시화로 만들어 보기 ❸

 38쪽의 동시 〈이불〉을 옮겨 시화를 만들어 봅시다.

# 편지쓰기

# 편지글의 짜임새 알아보기

 편지는 멀리 떨어진 사람에게 전하고 싶은 말이나 소식을 써서 보내는 글입니다.

 편지글은 어떻게 짜여 있을까요?

**앞 부분**

1 받는 사람
2 첫인사

**가운데 부분**

1 하고 싶은 말

**끝 부분**

1 끝인사
2 쓴 날짜
3 쓴 사람

## 🎓 편지글은 어떤 형식을 갖추고 있을까요?

보고 싶은 이모께          받을 사람

새싹이 파릇파릇 돋아나는 봄입니다.
이모, 그동안 안녕하셨어요?
그리고 이모부도 안녕하시고, 샛별이,
한별이도 잘 놀지요?          첫인사

며칠 있으면 일요일입니다. 그때 아빠, 엄마,
광혁이랑 이모 댁에 놀러 가기로 했어요.
저희들이 가면 맛있는 음식 많이 해 주세요.
또 용문산 구경도 시켜 주시고요.
벌써부터 기대가 돼요.
일요일이 빨리 왔으면 좋겠어요.          하고 싶은 말

그럼, 다시 만날 때까지 안녕히 계세요.          끝인사

4월 10일      쓴 날짜

최한수 올림      쓴 사람

# 친구가 쓴 초대 편지 읽어보기



친구가 쓴 초대 편지를 읽어 봅시다.

광혁아, 안녕?

은행잎이 노랗게 물드는 가을이구나.

오는 10월 15일은 내 생일이야.

내 생일 파티에 너를 초대하고 싶어.

꼭 와 줄 수 있지?

기다릴게.

♣ 때 : 10월 15일 오후 4시

♣ 곳 : 우리 집(전화 987-7654)

10월 10일

친구 용환이가

# 친구를 초대하는 편지 쓰기

| 공부한 날 |
| --- |
| 월 일 |

자기 생일 파티에 친구를 초대하는 편지를 직접 써 봅시다.

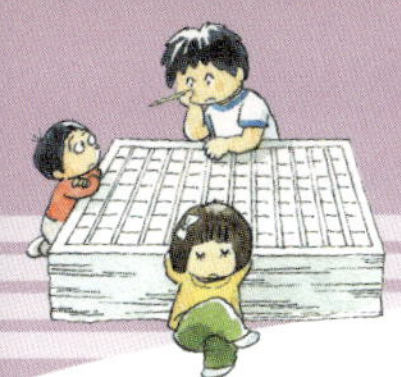

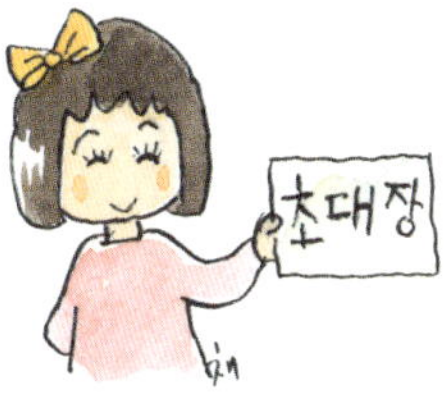

 가까운 친척에게 안부 편지를 써 봅시다.

| 받는 사람 | |
| --- | --- |
| 첫인사 | |
| 하고 싶은 말 | |
| 끝인사 | |
| 쓴 날짜 | |
| 쓴 사람 | |

군대 생활을 하고 있는 삼촌이나 국군 아저씨에게 위문 편지를
써 봅시다.

# 우편 엽서와 편지 봉투 쓰기



엽서나 편지 봉투에는 보내는 사람과 받는 사람을 나타내는 곳이 표시되어 있습니다. 그 곳에다 보내는 사람과 받는 사람의 주소와 이름을 정확하게 쓰면 됩니다. 우표는 알맞은 것을 사서 붙여야 합니다. 우편 번호도 꼭 찾아서 써야 합니다.

## 우편 엽서 쓰기

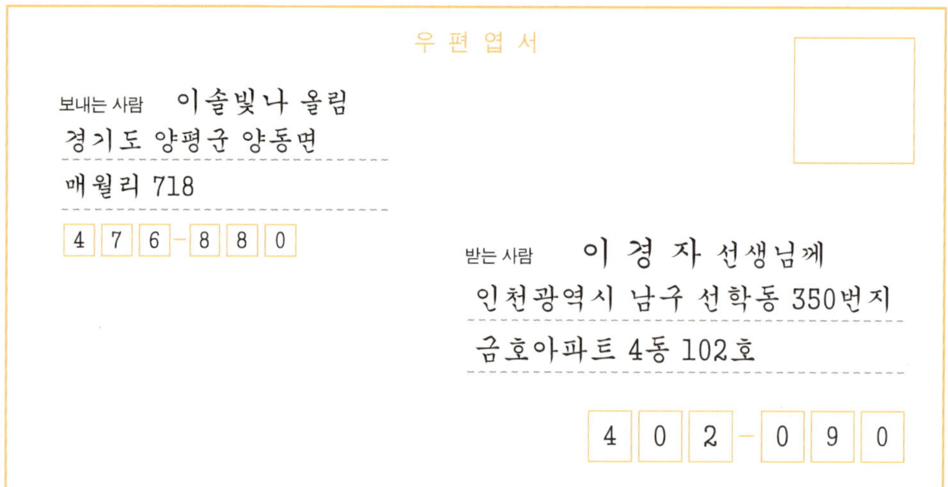

## 편지 봉투 쓰기

## 왼편 우편 엽서를 보고 이름과 주소를 옮겨 써 봅시다.

### 우편 엽서 쓰기

우 편 엽 서

보내는 사람

받는 사람

## 왼편 편지 봉투를 보고 이름과 주소를 옮겨 써 봅시다.

### 편지 봉투 쓰기

보내는 사람

받는 사람

# 미로 따라가 보물 찾기

공부한 날
월 일

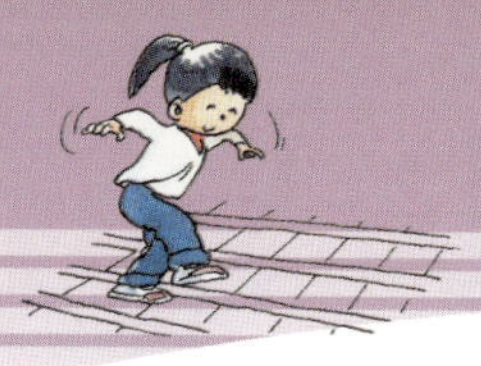

친구들이 미로를 따라가 보물을 찾아내기로 했습니다.
여러 친구들이 찾은 보물은 어떤 것들일까요?

♣ 수진 :

♣ 선영 :

♣ 지호 :

♣ 승기 :

♣ 혜영 :

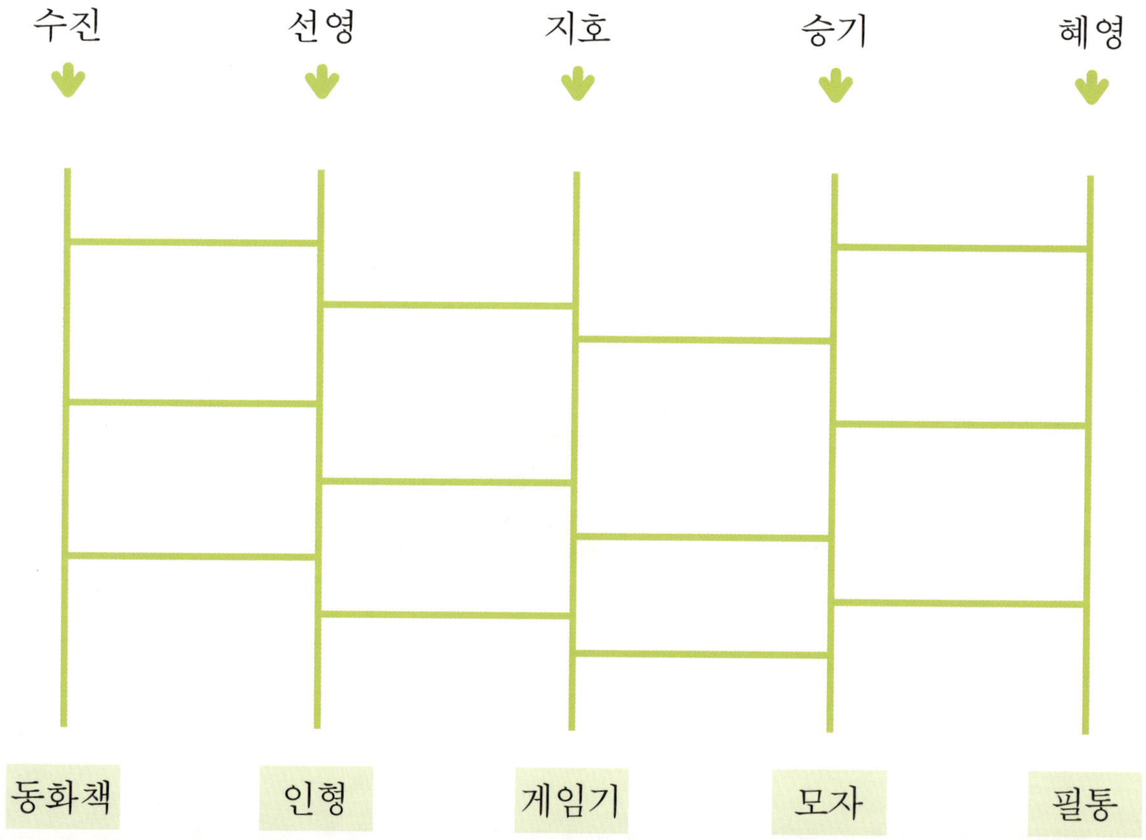
수진
선영
지호
승기
혜영
동화책
인형
게임기
모자
필통

# 독서 감상문 쓰기

# 독서 감상문은 어떤 글일까요?



## 독서 감상문이란 어떤 글일까요?

　우리는 살아가면서 많은 책을 읽습니다. 책을 읽고 나면 많은 것을 느끼고 생각하게 합니다.

　책의 내용이나 느낌 등을 잊지 않기 위해 적어 놓은 글을 독서 감상문이라고 합니다.

## 독서 감상문은 왜 쓸까요?

❶ 책 내용을 확실히 알게 합니다.

❷ 생각이나 느낌을 정리하는 힘이 늘어납니다.

❸ 필요할 때마다 참고 자료로 쓸 수가 있습니다.

## 독서 감상문은 어떤 내용을 써야 할까요?

❶ 책을 읽게 된 까닭, 지은이, 출판사 소개.

❷ 아주 간단한 이야기 줄거리, 내 생각이나 느낌, 배운 점.

❸ 주인공에게 바라는 마음, 나의 결심 등.

## 독서 감상문의 제목은 어떻게 붙일까요?

❶ 책 이름을 그대로 씁니다.

〈 이순신 〉을 읽고

❷ 느낌을 대표할 수 있는 큰 제목을 씁니다.

나라를 구해낸 해군 대장

〈 이순신 〉을 읽고

# 친구들이 쓴 독서 기록 카드 살펴보기

 친구들이 쓴 독서 기록 카드 내용을 잘 살펴 봅시다.

### ♣ 독서 기록 카드 ♣

| 작품 제목 | 청개구리의 슬픔 | 읽은 날짜 | 4월 17일 |
|---|---|---|---|
| 지은이 이름 | 모름 | 출판사 이름 | ○○ 출판사 |
| 작품 종류 | 전래 동화 | | |
| 주인공의 성격과 특징 | 어머니의 말을 잘 듣지 않고 반대로만 행동하던 청개구리가 나중에 후회하였다. | | |
| 읽게 된 동기 | 형이 읽어 보라고 해서 | | |
| 기억에 남는 내용 | 어머니의 말을 듣지 않고 뒷산으로 뛰어다니다가 솔개한테 잡혀갈 뻔한 장면.<br>어머니가 개울에 묻어 달라고 하면 반대로 산에 묻어줄 줄 알았다. 하지만 청개구리는 자기의 잘못을 깨닫고 어머니의 말대로 개울에 묻었기 때문에 비가 올 때면 슬프게 운다는 것. | | |
| 내용에 따른 나의 생각이나 느낌 | 나는 '청개구리의 슬픔' 이라는 전래 동화를 읽고 부모님 말씀을 잘 들어야겠다고 생각하였다.<br>그래야 우리 부모님이 오래오래 행복하게 살 수 있을 거라고 생각했다. | | |

 다음 독서 감상문을 읽고, 물음에 알맞은 말을 써 봅시다.

## 〈황금 달걀〉을 읽고

이솝 우화 중에서 〈황금 달걀〉이라는 동화를 읽었습니다.

이 이야기는 여러 번 읽어서 다 아는 내용이지만 다시 한 번 읽어 보았습니다.

이 전래 동화는 욕심을 지나치게 부리면 벌을 받게 된다는 내용이었습니다.

이 동화를 읽다 보면, 옛날 어느 마을에 마음씨 착한 할아버지와 할머니가 살고 있었는데 어느 날 아침, 닭장에 가 보니 날마다 보는 달걀 대신 황금 달걀이 있는 것을 보고 깜짝 놀랐습니다.

어떻게 평범한 닭에서 황금 달걀이 나올 수 있을까? 정말 궁금했습니다. 과학적으로는 있을 수 없는 일이었습니다.

그 암탉이 날마다 황금 달걀을 낳아서 할아버지와 할머니는 춤을 추며 기뻐했습니다.

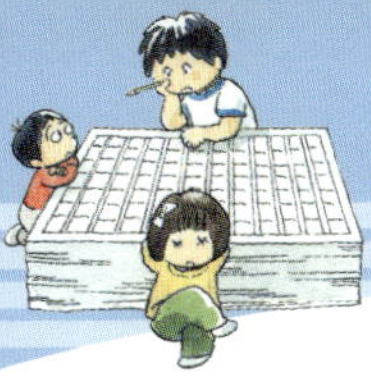

# 독서 감상문 읽고 답하기 1

공부한 날
월 일

농사만 지어 고생하던 할아버지와 할머니는 금방 부자가 되었고 황금 달걀 덕분에 아주 행복하게 살았습니다.

나도 할아버지와 할머니가 참 기쁘겠다고 생각했습니다.

만약 나에게도 그런 행운이 온다면 돈 때문에 고생하시는 부모님께 듬뿍 드리고 싶습니다. 그리고 불쌍한 소년 소녀 가장에게 나누어 주고 싶었습니다.

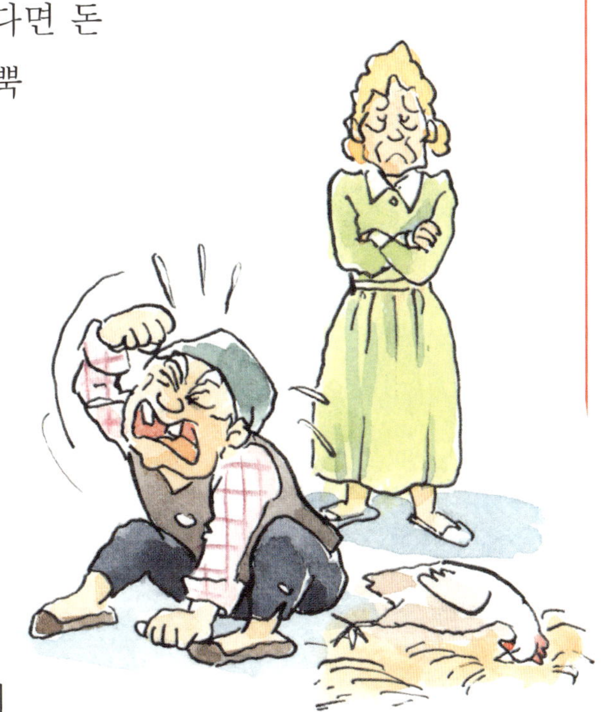

그런데, 큰 부자가 된 할아버지와 할머니는 새로운 욕심이 생겼습니다.

하루에 한 개씩 낳는 황금 달걀을 한꺼번에 꺼내면 더 큰 부자가 될 수 있다고 생각해서 암탉을 죽였는데 암탉의 뱃속에는 아무 것도 없었습니다.

할아버지와 할머니는 황금덩어리가 없어서 크게 실망하여 땅을 치며 울었습니다.

나는 너무 욕심을 부린 할아버지와 할머니가 미웠고 어리석다고 생각했습니다.

착한 할아버지와 할머니가 어리석은 욕심 때문에 죄 없는 닭의 생명까지 희생당하게 한 것이 안타까웠습니다.

[2학년 최아란]

1. 할아버지와 할머니는 어떻게 부자가 되었나요?

2. 할아버지와 할머니는 왜 암탉을 잡았나요?

3. '황금 달걀'의 중심 내용은 무엇인가요?

4. 황금 달걀'의 내용에 대한 나의 생각이나 느낌을 써 보세요.

 다음 동화를 읽고, 물음에 알맞은 말을 써 봅시다.

# 돌배나무

숲 속에 동물 나라가 있었어요.

동물들은 지금처럼 다른 동물들을 잡아 먹지 않았어요. 그때는 산에 나무 열매가 많아서 모두 배불리 먹고 살았어요. 그래서 서로서로 사이좋게 살아갔지요.

어느 해였어요.

이 동물 마을에 큰 가뭄이 들었어요. 너무나 심한 가뭄이어서 나무 열매들이 제대로 열리지 않았어요.

"아이고 배고파!"

"아이고 배고파!"

"엄마, 밥 줘요! 배고파 죽겠어요."

집집마다 아우성이었어요.

여우와 토끼는 먼 산으로 먹이를 구하러 떠났어요. 여우와 토끼는 허기져 기운이 없었어요. 발걸음을 떼놓기도 힘들었지만, 그래도 꼭 참고 걸었어요.

한나절을 헤맨 끝에 돌배나무를 발견했어요.

여우와 토끼는 너무나 반가웠지요.

"저기 돌배가 많이 열렸다!"

"어디? 어디?"

"저기 좀 봐! 한 나무도 아니고 두 나무나 있다!"

여우와 토끼는 좋아서 어쩔 줄을 몰랐어요. 주렁주렁 열린 돌배를 보니 기운이 저절로 났어요.

"우리 한 나무씩 맡아서 돌배를 따자."

"그렇게 하자."

토끼는 대답을 하고 돌배를 열심히 땄어요. 높은 가지에 열린 돌배는 장대를 만들어서 땄어요. 하지만 여우는 우선 배부르게 따 먹기만 했어요.

"저런 바보! 저렇게 미련하게 딸 필요가 있을까?"

여우는 토끼를 비웃었어요. 그리고는 톱으로 돌배나무 밑동을 잘라 쓰러뜨린 후 돌배를 땄어요.

이듬해 다시 가뭄이 들었어요. 그래서 또 먹을 게 귀했지요.

토끼와 여우는 다시 돌배나무를 찾아갔어요.

토끼의 돌배나무는 돌배가 많이 열렸어요. 그러나 여우의 돌배나무는 잘린 밑동에서 이제 새로 돋아난 어린 가지들만 바람에 흔들리고 있었어요.

함께 생각해 봅시다.

**1.** 토끼와 여우는 어떻게 돌배를 땄나요?

**2.** 이듬해 토끼와 여우의 돌배나무는 어떻게 되었나요?

**3.** 이 동화를 읽고 나의 느낌이나 생각을 써 보세요.

 다른 친구가 쓴 독서 감상문을 읽어 봅시다.

# 〈백설 공주〉를 읽고

　나는 만화 영화로 〈백설 공주〉를 보았지만 더 자세히 알고 싶어서 이 책을 읽게 되었다.

　백설 공주의 어머니가 돌아가시고 놀부처럼 지독하고 심술궂은 새 왕비가 들어오면서 백설 공주의 고생이 시작되었다.

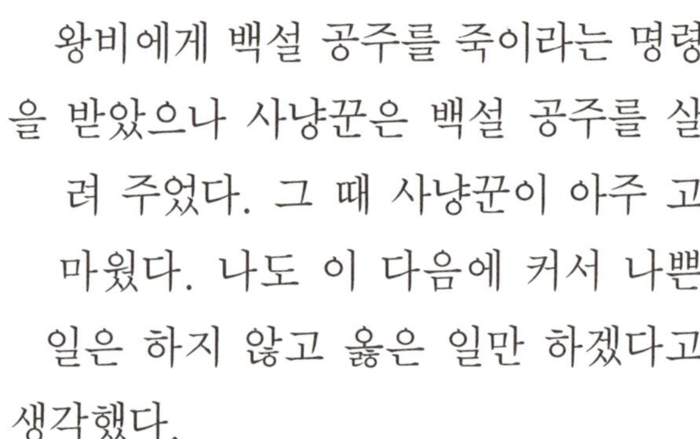

　백설 공주의 어머니가 살아 계셨으면 고생을 안 할 텐데 참 불쌍하다고 생각했다. 나는 우리 엄마가 오래 살아야 된다고 생각했다.

　왕비에게 백설 공주를 죽이라는 명령을 받았으나 사냥꾼은 백설 공주를 살려 주었다. 그 때 사냥꾼이 아주 고마웠다. 나도 이 다음에 커서 나쁜 일은 하지 않고 옳은 일만 하겠다고 생각했다.

　백설 공주는 무서운 숲 속에서 난쟁이들을 만났다. 마음씨 착한 일곱 난쟁이들은 백설 공주를 잘 보살펴 주었다. 그래서 행복하게 지냈다.

　얼마 후 백설 공주가 마녀로 변신한 왕비에게 독이 든 사과를 먹고 죽

었을 때 참 안타까웠다.

백설 공주가 죽은 채로 유리관 속에 아름답게 누워 있는 모습을 보고 일곱 난쟁이들이 슬퍼하였다. 그때 죽어 있는 백설 공주를 살려낸 이웃 나라 왕자님과 결혼을 해서 행복하게 살았다는 내용이 나를 가장 기쁘게 했다.

나는 이 동화를 읽고 아무리 어려운 환경이라도 마음씨 착하게 살고 꾹 참으면 행복이 온 다는 것을 알았다.

[2학년 김보연]

다른 친구가 쓴 독서 감상문을 읽어 본 후 자신의 생각을 말해 봅시다.

1. 새 왕비는 어떤 사람일까요?

2. 사냥꾼은 어떤 사람일까요?

3. 백설 공주는 일곱 난쟁이들을 어디서 만났을까요?

4. 백설 공주의 모습을 상상해서 써 보세요.

창작 동화 〈황소와 다람쥐〉를 읽고 74쪽의 물음에 답해 봅시다.

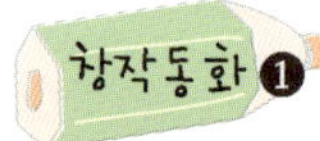 창작 동화 ①

# 황소와 다람쥐

이 동 렬 지음

어느 날이었습니다. 갑자기 검은 구름이 모여들더니 천둥 번개를 치기 시작했습니다.

"우르르 꽈광!"

"어이구! 저 일을 어쩌나? 벼락 때문에 산불이 났네!"

들에서 일하던 황소는 산불을 보고 깜짝 놀라 어쩔 줄을 몰랐습니다.

산불은 금세 온 산으로 번졌고 활활 타오르는 불길이 너무 무서웠습니다.

"너무나 큰 산불이라 내 힘으로는 끌 수가 없구나."

황소는 불길을 바라보며 걱정을 했습니다. 불은 산을 다 태운 다음에야 꺼졌습니다.

다음날, 황소는 아침 일찍 일을 하러 나섰습니다.

"아니, 산에 살던 다람쥐 아냐? 어이구 불쌍해라, 쯧쯧!"

황소는 불에 그을리고 지쳐서 정신을 잃은 다람쥐를 안고 집으로 뛰어왔습니다.

'빨리 깨어나야 할 텐데……'

황소는 찬물로 다람쥐의 몸을 식혀 주었습니다.

"얼마나 배가 고플까? 어서 밥을 지어 먹여야지."

다람쥐가 정신을 차리자 황소는 얼른 밥을 가져왔습니다. 그러나 다람쥐는 밥을 먹으려 들지 않았습니다.

"왜 안 먹니? 어서 먹어라."

"지쳐 쓰러져 있는 다른 친구들이 생각나서 그래요. 황소 아저씨, 친구들을 데리고 와서 같이 먹어도 될까요?"

"너 좋은 대로 하거라."

다람쥐는 다른 다람쥐들을 부르러 갔습니다.

다람쥐들이 떼를 지어 몰려왔습니다. 황소는 다람쥐들이 너무 많아서 깜짝 놀랐지만 반갑게 맞았습니다.

"와! 무슨 밥그릇이 이렇게 크지?"

다람쥐들은 황소의 밥그릇을 보고 깜짝 놀랐습니다.

"밥맛이 꿀맛이다!"

다람쥐들은 정신없이 밥을 먹었습니다.

"잘 먹었다!"

"이제야 기운을 차리겠구나."

다람쥐들은 한 마디씩 했습니다.

"내 밥 한 그릇으로 저렇게 많은 다람쥐들이 다 배부르게 먹을 수 있다니!"

황소는 놀란 얼굴로 중얼거렸습니다. 기운을 차린 다람쥐들은 다시 산으로 돌아가기로 했습니다.

"소아저씨, 고맙습니다."

"이 은혜 잊지 않겠습니다."

다람쥐들은 인사를 하고 떠났습니다.

"잘 있거라, 어려울 때면 언제든지 또 오너라."

황소도 손을 흔들어 주었습니다.

몇 해가 지났습니다.

황소는 논에서 벼를 베고 있었습니다. 그런데 갑자기 비가 내리기 시작했습니다.

비는 그칠 줄 모르고 점점 더 세차게 내렸습니다. 며칠 동안 계속 내렸습니다.

"소아저씨네 집이 괜찮을까?"

다람쥐들은 걱정이 되었습니다. 빗물이 황소의 집과 논밭을 휩쓸었습니다.

황소는 지붕 위로 올라갔다가 좀더 안전한 산을 향해 헤엄쳐 갔습니다. 산 위로 겨우 올라온 황소는 그만 정신을 잃고 쓰러졌습니다.

"소아저씨다!"

다람쥐가 황소를 발견하고 소리쳤습니다.

"이번에는 우리가 소아 저씨를 도울 차례야."

다람쥐는 급하게 산 마을로 달려갔습니다. 그리고는 친구들과 함께 밥을 지어 왔습니다.

"아니, 이렇게 작은 밥그릇의 밥을 먹으라고!"

정신을 차린 황소는 다람쥐들의 작은 밥그릇을 보고 놀라 눈을 동그랗게 떴습니다.

"하지만 이거라도 먹어야지."

황소는 작은 밥그릇의 밥을 허겁지겁 먹기 시작했습니다. 황소는 수없이 많은 밥그릇의 밥을 먹었습니다.

"와! 저렇게 많은 밥을 한꺼번에 다 먹다니!"

다람쥐들은 놀라서 입을 다물 줄 몰랐습니다.

'내가 한 끼를 먹기 위해 저 많은 밥그릇을 비웠구나!'

황소는 다람쥐들이 무척 고마웠습니다.

집으로 돌아온 황소는 다시 논밭을 일구었습니다. 다람쥐들도 산에다 더 많은 나무를 심었습니다.

오늘 할 공부

# 창작 동화 읽고 답하기 ❶



1. 동화의 제목과 지은이는 누구인가요?

    ➡ 제목                                지은이 :

2. 들에서 일하던 황소는 무엇을 보고 놀랐을까요?

    ➡

3. 산에서 정신을 잃은 다람쥐를 누가 안고 왔나요?

    ➡

4. 정신을 차린 다람쥐는 왜 밥을 먹지 않았나요?

    ➡

5. 다람쥐들은 황소의 밥그릇을 보고 왜 놀랐나요?

    ➡

6. 비가 많이 왔을 때 정신을 잃은 황소를 누가 도와 주었나요?

    ➡

7. 동화를 읽고 나의 생각이나 느낀 점을 말해 보세요.

    ➡

창작 동화 〈꼬꼬의 숲 속 여행〉을 읽고 80쪽의 물음에 답해 봅시다.

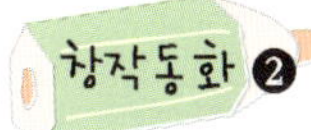 창작동화 ❷

# 꼬꼬의 숲 속 여행

이 동 렬 지음

호기심이 많은 아기병아리 꼬꼬는 한 번도 가본 적이 없는 숲 속을 여행하고 싶어하였습니다.

"엄마, 저 숲 속에 누가 살고 있는지 한 번 가보고 싶어요."

"아직은 너무 어려서 안 돼. 숲 속에는 시원한 바람과 새와 짐승들이 살고 있단다. 하지만 우리를 해치는 나쁜 동물들도 살고 있거든."

"그래도 저는 숲 속을 꼭 여행하고 싶어요. 저는 그런 것들이 하나도 겁나지 않는단 말이어요."

꼬꼬는 생떼를 썼습니다.

"너는 독수리, 여우, 살쾡이가 얼마나 무섭고 나쁜 동물들인지 잘 모르고 하는 소리야. 며칠 전에는 살쾡이가 너희 언니를 물어갔단 말이다."

어미닭은 몸서리를 쳤습니다.

"독수리가 날아오면 얼른 바위 밑에 숨고, 살쾡이나 여우가 나오면 빨리 나무로 날아오르지요, 뭐. 이렇게 튼튼한 날개가 있잖아요."

꼬꼬는 작은 날개를 펴 보이면서 말하였습니다.

"아이고, 이 철없는 녀석아. 네 날개로는 나무에 날아 오를 수가 없단다.

너는 날개를 가졌지만 하늘을 맘대로 날아다닐 수 있는 새는 아니란 말이
다.”

어미닭은 꼬꼬를 타일렀지만 꼬꼬는 자꾸 고집을 부렸습니다.

어미닭은 꼬꼬를 달래 가지고 텃밭으로 나왔습니다. 다른 아기병아리들
도 데리고 나왔습니다.

텃밭 콩포기 사이에는 작은 벌레들도 많았고, 낟알도 많았습니다. 어미닭
은 모이를 쪼아서 아기병아리들에게 주었습니다. 아기병아리들은 먹이를
먹기에 정신이 없었습니다. 하지만 꼬꼬는 달랐습니다.

‘이 틈에 나는 숲 속으로 도망을 가야지. 그리고 숲 속을 실컷 돌아다녀
야지.’

꼬꼬는 엉뚱한 생각을 하였습니다. 꼬꼬는 병아리들 틈에서 슬쩍 빠졌습

니다. 그리고는 콩포기 뒤에 숨었습니다.

물이 가득한 논에는 벼들이 이삭을 내밀고 줄을 맞춰 서서 햇볕을 쬐고 있었습니다. 바람이 불 적마다 물결치는 벼 이삭들이 참 보기 좋았습니다.

"뜸북, 뜸북…… 뜸…… 북…… ."

꼬꼬는 이상한 소리에 귀를 기울였습니다. 그 소리는 논 가운데서 났습니다. 처음 듣는 소리였습니다.

꼬꼬는 무엇이 소리를 내는지 알고 싶어서 앞뒤 가릴 것도 없이 논으로 뛰어갔습니다. 그러나 이내 캑캑 재채기를 하며 되돌아 나오고 말았습니다. 헤엄을 칠 줄 몰랐으니까요. 온 몸의 털이 물에 다 젖었습니다. 꼭 물에 빠진 생쥐 꼴이었습니다.

그때 벼 포기 사이로 이상하게 생긴 새가 나타났습니다. 다리가 유난히 길고 새까만 털을 가진 새였습니다. 그 새가 먼저 말을 걸었습니다.

"야, 네 이름이 뭐니?"

"내 이름은 '꼬꼬' 라고 불러. 저 숲 속이 구경하고 싶어서 집에서 도망쳐 왔단다."

"뭐! 숲 속 구경을 너 혼자서?"

이상한 새가 눈을 동그랗게 뜨며 물었습니다.

"응, 숲 속 여행? 그런데 네 이름은 뭐니?"

"나? 내 이름은 '뜸부기' 라고 해. 논에서 여름 내내 노래나 부르며 살고 있지."

"논에서 살면 너도 숲 속 구경을 못 해 봤겠구나?"

"하하하! 이 바보야. 나는 저 숲 속쯤은 눈감고도 훤하게 다 알고 있을 정도야. 내가 너처럼 촌뜨기인 줄 알았니?"

뜸부기는 어이없다는 듯이 큰 소리로 말하였습니다.

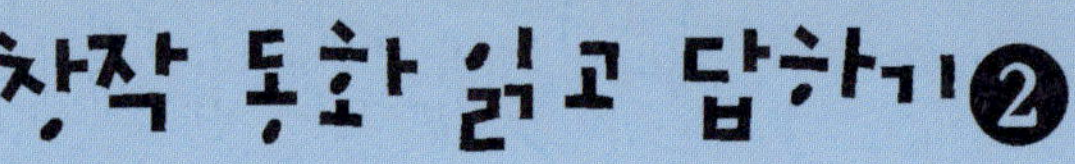

"그러니? 그러면 나 좀 저 숲 속에 데려다 주지 않을래?"

"그거야 뭐 어렵지 않지."

뜸부기는 꼬꼬를 데리고 숲을 향해 걸었습니다. 둘은 한참만에 숲 속에 다다랐습니다.

숲 속에는 모두 신기한 것들만 있었습니다. 아름드리가 넘는 큰 나무, 집 채만한 바위, 또 아름다운 꽃들과 고운 노래를 부르는 새들이 그랬습니다.

꼬꼬는 가슴이 설레었습니다. 기분이 좋았습니다. 꼬꼬는 두리번거리며 구경을 하느라고 빨리 걷지를 못하였습니다. 뜸부기가 저만큼 앞서서 걸어갔습니다.

그때였습니다. 별안간 바위 뒤에서 무섭게 생긴 족제비가 튀어나와 뜸부기를 물려고 하였습니다. 하마터면 물려 죽을 뻔하였습니다. 뜸부기는 훌쩍 날아올라 먼 곳으로 날아가버렸습니다.

그 짐승은 꼬꼬는 보지 못하였는지 뜸부기가 날아간 곳을 향해 쫓아갔습니다. 꼬꼬는 가슴이 퉁탕거려서 풀 속에 머리를 박고 제대로 숨도 못 쉬었습니다. 무서워서 몸이 덜덜 떨렸습니다.

꼬꼬는 이제 혼자만 숲 속에 남게 되었습니다. 그래서 꼬꼬는 뜸부기처럼 날아보려고 하였지만 헛일이었습니다.

날개를 아무리 파닥거려도 몸뚱이는 하늘로 떠오르지 않았습니다. 마음 같아서는 뜸부기보다도 더 잘 날 것 같은데 그렇지가 않았습니다.

꼬꼬는 어서 빨리 숲을 벗어나려고 허둥대며 급하게 걸어갔습니다.

반은 울면서 얼마쯤 갔을 때였습니다.

"스르르륵……."

독뱀이 고개를 반짝 든 채 저만큼 앞에서 지나갔습니다.

꼬꼬는 얼른 바위 뒤로 숨었습니다. 너무 겁을 먹은 나머지 자기도 모르게 소리를 냅다 질렀습니다.

"꼬꼬…… 꼬꼭! 꼬꼬꼭!"

그러자 숲 속에서도 똑같은 소리가 울려 왔습니다. 아무리 찾아봐도 친구들은 없었습니다.

"그 소리는 네 친구들이 내는 소리가 아니라 산울림 소리라고. 이 바보야!"

숲 속에 바람이 안타까웠던지 꼬꼬에게 작은 소리로 말했습니다. 꼬꼬는 이제 무척 지쳤습니다. 얼른 엄마한테로 달려가고픈 마음뿐이었습니다. 친구들이 있는 집이 그리웠습니다. 하지만 길을 잃어서 갈 수가 없었습니다.

"엄마, 어서 와서 살려 주셔요!"

꼬꼬는 마지막으로 있는 힘을 다해 목청껏 소리쳤습니다.

어느 새 꼬꼬는 울고 있었습니다. 숲 속 바람은 꼬꼬가 불쌍하였습니다. 그래서, 꼬꼬의 목소리를 바람결에 실어서 어미닭에게 전해 주었습니다. 어미닭이 그 소리를 듣고 허겁지겁 단숨에 숲 속으로 달려왔습니다. 무서운 짐승이 있다는 것도 잊은 채 달려왔습니다.

꼬꼬는 어미닭을 보고 반가워서 엉엉 울었습니다. 울면서 어미닭의 품에 안겼습니다. 어미닭의 품속이 그 전보다 훨씬 포근하게 느껴졌습니다.

# 창작 동화 읽고 답하기 ❷



1. 동화의 제목은 무엇인가요?

2. 주인공은 누구인가요?

3. 어미닭은 꼬꼬에게 왜 숲 속 여행을 못하게 하였나요?

4. 꼬꼬는 언제 병아리들 틈에서 슬쩍 빠져 나왔나요?

5. 꼬꼬가 몰래 나와 논에서 어떤 동물을 만났나요?

6. 꼬꼬가 숲 속에서 신기하게 본 것은 무엇인가요?

7. 꼬꼬가 숲 속에서 길을 잃어 울고 있을 때 누가 엄마에게 알려 주었나요?

8. 동화를 읽고 나의 생각이나 느낀 점을 써 보세요.

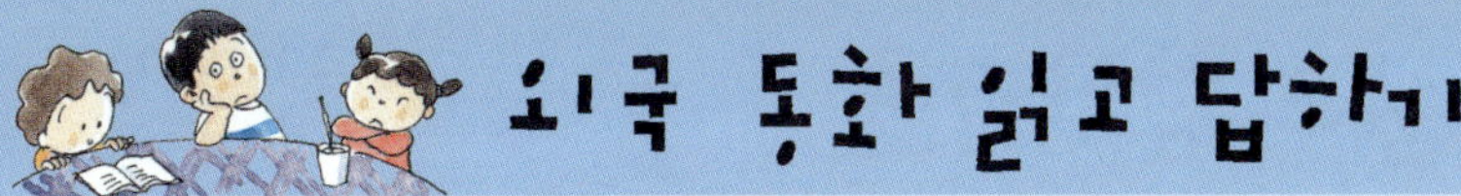



함께 생각해 봅시다.

 동화 보기 글 〈곤충들과 노는 아이〉를 읽고 86쪽의 묻는 말에 함께 답
해 봅시다.

## 곤충들과 노는 아이

'어, 이상하다! 이 언덕에서 아침마다 붉은 해가 떠올랐는데?'

파브르는 언덕 너머에 붉은 해가 숨어 있을 줄 알고 올라왔는데 붉은 해가 없자 실망이 컸습니다. 파브르는 실망한 나머지 돌멩이를 집어서 무심코 던졌습니다. 그때 돌멩이가 바위에 부딪치는 소리에 놀란 딱새 한 마리가 날아올랐습니다.

"아니! 저건 새가 아냐? 저 바위 틈에 새집이 있나?"

파브르는 혼자 중얼거리며 조심스럽게 바위 틈으로 갔습니다.

"아아 곱기도 해라! 이렇게 예쁘고 귀여운 새알이 있다니!"

바위 틈에는 깃털과 검부러기로 만든 새 둥지가 놓여 있었습니다. 그리고 그 둥지 안에는 알록달록한 새알 다섯 개가 가지런히 누워 있었습니다. 파브르는 난생 처음으로 새알과 새둥지를 본 것입니다. 파브르는 너무도 신기해 한참 동안 들여다보았습니다.

걱정이 된 어미새는 파브르 머리 위로 날아다니며 울었습니다.

'이 앞에서 새끼가 태어날 때쯤 해서 다시 와 새끼를 가져 가야지. 오늘은 기념으로 알을 한 개만 가져 가자.'

파브르는 손바닥에 바위옷을 뜯어 깔고 그 위에 새알을 한 개 놓았습니다. 그리고는 조심스럽게 언덕 기슭까지 왔을 때 산책을 하고 있던 목사님을 만났습니다.

"파브르야, 그 손에 무엇을 그리 소중하게 들고 있니?"

목사님은 파브르에게 다가오면서 물었습니다. 파브르는 생긋 웃으면서 바위옷에 싼 새알을 보여 주었습니다.

"아니 그건 딱새알이 아니야? 그 새알을 어디서 났니?"

목사님이 눈을 조금 크게 뜨면서 물었습니다.

"아침 해가 솟는 것을 보려고 갔다가 딱새알을 발견했어요."

"파브르야, 새알이나 아기새를 가져오면 안 돼. 너도 다른 짐승이 물어 가면 좋겠니?"

파브르는 대꾸도 않고 손에 있는 딱새알만 바라보았습니다.

“어서 제자리에 놔 줘라. 어미새가 품어서 새끼를 까게끔.”

파브르는 목사님 말을 거역 못하고 내려왔던 언덕길을 다시 올라가 새 집에 새알을 놓고 왔습니다.

파브르네 집은 너무 가난하여 한때 할아버지 댁에서 살았습니다. 할아버지 댁도 잘 살지는 못하였으나 할아버지와 할머니는 파브르를 따뜻한 사랑으로 무척 귀여워해 주셨습니다.

파브르는 할아버지가 일하는 들을 따라 나가서 놀았습니다.

들에는 이름 모를 꽃들이 많이 피어 있었습니다.

파브르는 들에 나가 이상한 꽃을 발견하면 할아버지에게 달려갔습니다.

“할아버지, 할아버지! 이 꽃 이름이 뭐여요?”

“패랭이꽃이지 뭐겠냐?”

할아버지는 허리를 펴고 어린 손자를 바라보았습니다.

그는 새로 알게 된 꽃 이름을 입 속으로 외웠습니다.

파브르는 패랭이꽃의 모양과 잎사귀, 줄기, 뿌리 등을 자세히 살펴보았습니다. 무엇이든지 확실하게 알지 않고서는 궁금해서 못 견디는 성미였기 때문입니다. 그래서 파브르는 많은 꽃 이름과 풀 이름을 알게 되었습니다.

또 꽃으로 날아드는 곤충 이름과 벌레 이름도 알았습니다.

아름답고 향기가 나는 꽃일수록 나비나 벌이 좋아한다는 것을 알았습니다. 파브르는 나비와 벌이 꽃 속에 들어가 무얼하나 자세히 살펴보다가 벌에게 콧등을 쏘이기도 하고 손등을 물리기도 하였습니다.

“너는 미운 벌레야! 그냥 놔두지 않을 거다.”

파브르는 큰돌로 내려치려다가 슬그머니 내려놓았습니다.
"그건 내가 잘못한 거야. 내가 놀라게 했거든."

곤충이나 벌레들은 건드리거나 위협하지 않으면 물지 않는다는 것을 파브르는 알았습니다.

들과 산으로 펼쳐진 그 곳은 곤충들이 많았습니다.

어느 날, 파브르가 들판에서 있을 때 작은 벌레가 날아와서 파브르의 손 등에 앉았습니다.

파브르는 그것이 무당벌레라는 것을 나중에 알았습니다. 무당벌레는 그 날개를 딱딱한 등 속에 재주 좋게 오무려 넣었습니다. 등은 빨간 점이 예쁘게 여럿 찍혀 있었습니다.

무당벌레는 손가락 끝으로 기어 올라가더니 더 갈 데가 없어 위험한 것을 알자 누르스름하고 고약한 냄새가 나는 오줌을 찍 싸고 날아갔습니다.

할아버지는 자갈밭을 열심히 일구었습니다. 그 뒤를 따라다니던 파브르는 흙 속에서 사는 많은 벌레를 보았습니다.

"할아버지, 지렁이가 크면 뱀이 되나요? 눈도 없고 발도 없는데 어떻게 기어 다녀요?"

"잘 보아라."

"알았다! 지렁이는 몸을 쭉 늘였다가 오므리면 앞으로 쑥쑥 나갈 수 있어요."

파브르는 눈에 띄는 벌레나 곤충 따위를 자세히 관찰했습니다.

하루는 저녁을 먹고 났을 때, 어디서인지 곤충의 울음 소리가 가냘프게 들려 왔습니다. 집 근처에서 들려 오는 것 같아 파브르는 소리 나는 쪽으로 살금살금 다가가 보았습니다. 가까운 곳에서 나는 줄 알았던 그 소리는 먼 숲 속에서 들려 왔습니다.

'무얼까?'

파브르가 숲 속을 살펴보자 그 소리는 뚝 멈추고 말았습니다. 그날은 그 곤충을 찾지 못했습니다. 이튿날도, 그 이튿날도 파브르는 그 곤충을 찾지 못했습니다. 며칠 후, 파브르는 마침내 가냘픈 소리를 내는 주인공의 곤충을 찾아냈습니다. 파브르는 나중에 그것이 베짱이라는 것을 알았습니다.

'메뚜기 같은 거로구나. 소리가 어떻게 해서 나지?'

파브르는 베짱이가 입으로 소리를 내는 게 아니라 다리로 옆구리를 비벼대어 소리가 난다는 것을 알았습니다. 곤충들의 습성, 생태, 모양 등은 각기 달랐습니다. 그것은 관찰해 볼수록 재미있었습니다.

어릴 때부터 곤충을 관찰하며 자란 파브르가 세계적인 곤충 학자로 유명해진 것은 당연한 일인지 모르나 그것은 끊임없는 노력으로 이루어진 것입니다.

1. 파브르는 딱새알을 어떻게 가지고 내려왔나요?

2. 딱새알을 가지고 내려올 때 누구를 만났나요?

3. 파브르는 어렸을 때 부모님과 살지 않고 누구와 살았나요?

4. 파브르는 나비와 벌이 어떤 꽃을 좋아한다는 것을 알았나요?

5. 지렁이는 눈도 발도 없는데 어떻게 기어 다닐까요?

6. 베짱이는 입으로 소리 내지 않고 어떻게 소리를 낼까요?

7. '파브르' 의 이야기를 읽고 느낀 점을 이야기해 보세요.

 동화 보기 글 〈호랑이의 효성〉을 읽고 92쪽의 독서 기록 카드를 써 봅시다



## 호랑이의 효성

옛날, 한 나무꾼이 홀어머니를 모시고 살고 있었습니다.

하루는 깊은 산에서 한참 나무를 하는데 커다란 호랑이가 나타났습니다.

"어흥! 배가 고픈데 잘됐다. 너를 잡아먹어야겠다!"

호랑이는 큰 입을 떡 벌리고 달려들며 말했습니다. 나무꾼은 눈앞이 캄캄했습니다.

'아이구! 이제는 꼼짝없이 죽게 되었구나. 무슨 좋은 수가 없을까?'

나무꾼은 눈을 감고 재빨리 꾀를 하나 생각해 냈습니다.

그리고는 호랑이 앞에 넙죽 엎드려 반가워 못 견디겠다는 듯이 말했습니다.

"형님! 이제야 만났군요! 그래, 산 속에서 얼마나 고생하셨어요?"

나무꾼은 호랑이의 손을 잡고 흔들면서 아주 반가워했습니다.

"뭐! 나더러 형님이라구? 그런 소리를 한다고 내가 살려 줄 것 같으냐? 어흥!"

호랑이는 산이 쩌렁쩌렁 울리게 소리쳤습니다.

# 전래 동화 읽고 답하기

젊은이는 그래도 여전히 반가워하는 얼굴로 말했습니다.

"형님이 이 산 속에 계시다는 얘기는 어머니한테 들어서 잘 알고 있었지요. 그렇지만 만나 볼 수가 없어서……."

"이놈아! 나는 호랑이고 너는 사람인데 어떻게 형제가 된단 말이냐? 어흥!"

호랑이는 다시 입을 크게 벌렸습니다.

"그렇지요. 어머니께서도 형님이 그렇게 생각하실 거라고 하셨어요. 형님이 아주 어릴 때 산으로 들어가셨기 때문이에요."

"잔소리 마라."

"어머니 꿈에 형님이 호랑이가 되어서 산에서 울고 있는 것을 보았대요. 그런데 오늘 이렇게 만나뵈니 참 반갑군요."

나무꾼은 눈물을 뚝뚝 흘리며 목이 메인 소리로 말했습니다.

호랑이는 우는 나무꾼이 진짜 자기 동생일지도 모른다는 생각이 들었습니다. 그리고 보니 어릴 적에 어머니 품에 안겨 있었던 기억이 어슴푸레 나는 것 같기도 했지요.

"네가 내 동생이라니 참 반갑구나. 하지만 나는 이미 호랑이의 탈을

써서 어머니를 뵈러 갈 수가 없구나."

"형님! 어머니가 형님을 얼마나 보고 싶어하시는데요."

"나도 뵙고 싶다. 하지만 어쩔 수가 없구나. 내가 한 달에 두세 번씩 멧돼지를 물어다 줄 테니 네가 나를 대신하여 잘 모셔라."

말하는 호랑이의 눈에는 눈물이 글썽글썽하였습니다.

나무꾼은 호랑이와 헤어져 집으로 돌아왔습니다.

"휴우! 내가 살아온 게 꿈인가 생시인가? 호랑이에게 물려 가도 정신만 바짝 차리면 산다는 말을 이제야 알겠어."

나무꾼은 자기 살을 꼬집어 보며 좋아서 어쩔 줄을 몰랐습니다.

어느 날 밤이었습니다.

"쿵!"

마당에 뭔가 커다란 물건이 떨어지는 소리가 났습니다.

깜짝 놀라 겁이 난 나무꾼은 날이 새기를 기다렸다가 문을 열고 나가 보았습니다.

"아니, 이럴 수가! 이건 죽은 지 얼마 안 되는 멧돼지잖아?"

그것은 호랑이가 갖다놓은 것이 분명했습니다.

호랑이가 고마웠습니다.

나무꾼은 멧돼지 고기를 요리해 어머니께 드렸습니다.

어머니는 아주 맛있게 드셨습니다.

호랑이는 어김없이 한 달에 두세 번씩 멧돼지를 잡아다 놓았습니다. 어머니는 멧돼지 고기를 잡수시고 잘 사시다가 몇 해 후에 돌아가셨습니다. 그 후에는 멧돼지를 물어오지 않았습니다.

'호랑이도 어머니가 돌아가신 걸 알았나 보다.'
하고 나무꾼은 생각했습니다.

어느 날, 나무꾼은 산에 나무를 하러 갔습니다. 거기서 꼬리에 흰 헝겊을 단 새끼호랑이 세 마리를 만났습니다.

"너희들은 왜 꼬리에 흰 헝겊을 매달고 다니니?"

"우리 할머니도 아저씨 같은 사람이었대요. 살아 계셨을 때는 우리 아버지가 멧돼지를 잡아다 드렸는데 얼마 전에 할머니가 돌아가셨대요. 그래서 아버지는 음식도 먹지 않고 굴 속에서 슬피 울기만 하다가 돌아가셨어요. 우리는 상제라서 흰 헝겊을 매달고 다니는 거예요."

"아! 그래? 그것 참 안 됐구나."

나무꾼은 새끼호랑이들의 머리를 쓰다듬어 주며 말했습니다.

"내가 거짓말을 해서 멧돼지를 잡아다 준 것만도 미안했는데 어머니가 돌아가신 것을 알고 먹지도 않고 슬퍼하다가 죽다니……."

나무꾼은 혼자 중얼거리며 그만 눈물을 주르르 흘렸습니다.

사람보다 더 지극한 호랑이의 효성에 가슴이 미어지는 것 같았습니다.

# 독서 기록 카드 쓰기와

# 내가 읽고 싶은 책

읽고 싶은 동화를 읽고 독서 기록 카드를 써 봅시다.

## ♣ 독서 기록 카드 ♣

| 작품 제목 |  | 읽은 날짜 |  |
| --- | --- | --- | --- |
| 지은이 이름 |  | 출판사 이름 |  |
| 작품 종류 |  |  |  |
| 주인공의 성격과 특징 |  |  |  |
| 읽게 된 동기 |  |  |  |
| 기억에 남는 내용 |  |  |  |
| 내용에 따른 나의 생각이나 느낌 |  |  |  |

장편 동화를 읽고 독서 기록 카드를 써 봅시다.

## ♣ 독서 기록 카드 ♣

| | |
| --- | --- |
| 작품 제목 | 읽은 날짜 |
| 지은이 이름 | 출판사 이름 |
| 작품 종류 | |
| 주인공의 성격과 특징 | |
| 읽게 된 동기 | |
| 기억에 남는 내용 | |
| 내용에 따른 나의 생각이나 느낌 | |

자연 보호에 관한 책을 읽고 독서 기록 카드를 써 봅시다.

### ♣ 독서 기록 카드 ♣

| 작품 제목 | | 읽은 날짜 | |
|---|---|---|---|
| 지은이 이름 | | 출판사 이름 | |
| 작품 종류 | | | |
| 주인공의 성격과 특징 | | | |
| 읽게 된 동기 | | | |
| 기억에 남는 내용 | | | |
| 내용에 따른 나의 생각이나 느낌 | | | |

# 읽은 책 독서 기록 카드 쓰기



학교에서 배운 위인들의 전기를 읽고 독서 기록 카드를 써 봅시다.

## ♣ 독서 기록 카드 ♣

| 작품 제목 | | 읽은 날짜 | |
|---|---|---|---|
| 지은이 이름 | | 출판사 이름 | |
| 작품 종류 | | | |
| 주인공의<br>성격과 특징 | | | |
| 읽게 된 동기 | | | |
| 기억에 남는<br>내용 | | | |
| 내용에 따른<br>나의<br>생각이나<br>느낌 | | | |

지난 1년 동안 내가 인상 깊게 읽었던 책의 제목을 적어 봅시다.

| 순서 | 읽은 책 이름 | 지은이 이름 | 출판사 이름 |
| --- | --- | --- | --- |
| 1 | | | |
| 2 | | | |
| 3 | | | |
| 4 | | | |
| 5 | | | |
| 6 | | | |
| 7 | | | |
| 8 | | | |
| 9 | | | |
| 10 | | | |
| 11 | | | |
| 12 | | | |

# 읽은 책 제목 쓰기



지난 1년 동안 내가 인상 깊게 읽었던 책의 제목을 적어 봅시다.

| 순서 | 읽은 책 이름 | 지은이 이름 | 출판사 이름 |
|------|-------------|------------|------------|
| 1 | | | |
| 2 | | | |
| 3 | | | |
| 4 | | | |
| 5 | | | |
| 6 | | | |
| 7 | | | |
| 8 | | | |
| 9 | | | |
| 10 | | | |
| 11 | | | |
| 12 | | | |

# 읽고 싶은 책 제목 쓰기



앞으로 1년 동안 내가 꼭 읽고 싶은 책의 제목을 적어 봅시다.

| 순서 | 읽고 싶은 책 이름 | 지은이 이름 | 출판사 이름 |
|---|---|---|---|
| 1 | | | |
| 2 | | | |
| 3 | | | |
| 4 | | | |
| 5 | | | |
| 6 | | | |
| 7 | | | |
| 8 | | | |
| 9 | | | |
| 10 | | | |
| 11 | | | |
| 12 | | | |

제2권 | 초급·높은반 ⑤

내 아이를 선생님처럼 지도할 수 있는

# 학생 지도 방향과
# 해설·해답

##  생활문쓰기

 11, 12, 13쪽 해설·해답

### 해설

#### 학생 지도 방향

1. 이 단원에서는 어린이들에게 생활문이 대체 어떤 글인가, 그 개요를 쉽게 알려 주면서 어린이들의 하루하루 생활에서 글감(즉, 글 쓸거리)을 어린이들 스스로의 힘으로 찾아낼 수 있게끔 보기 글과 연관시켜서 생활 주변의 일화들을 어린이마다 하나씩 짚어 줍니다.

2. 그 다음, 생활문의 전체적 짜임(앞 부분, 가운데 부분, 끝 부분)이 어떻게 구성된다는 것을 선생님과 함께 보기 글을 읽으면서 눈을 뜨게 해 줍니다.

3. 그 다음, 생활문 보기 글을 문장 단위로 나누어서 문어체인 서술 문장과 구어체인 대화 문장의 특성을 가르쳐 줍니다. 그 다음 서술 문장과 대화 문장이 서로 연관성을 가지면서 글 속에서 이어지는 실례를 생활문 보기 글을 통해 일러 줍니다.

4. 그 다음은 이런 이론적 내용들을 손과 머리를 같이 움직여 지정된 원고지에 보기 글을 옮겨 쓰게 합니다. 이런 과정을 거듭 반복하다 보면 어린이들 누구나 가지고 있는 글쓰기에 대한 두려움을 걷어낼 수 있습니다.

5. 사람은 누구나 글쓰기에 대한 두려움을 가지고 있고, 아이나 어른이나 모두 이 글쓰기에 대한 두려움을 걷어내지 못하면 상상력이 피어오르지 않는다는 점을 유념하시고 원고지에 옮겨 쓰기 훈련을 수차 반복해 주시기 바랍니다.

 잠깐 쉼터

**아름다운 우리말 이야기**

**문** 가장자리란 어떤 물건이나 사물의 한가운데서 바깥쪽으로 나온 끝이나 변두리를 말합니다. 그렇다면 우리들의 얼굴에 있는 눈의 가장자리는 무엇이라고 부를까요?

**답** 눈시울

● 12쪽 해답

〈 생 활 문 〉

　　　　　　　　　　　친구

　　오늘　학교에　갔는데　개구쟁이　내　친
구　정민이가　오지　않아서　나는　깜짝
놀랐습니다. 공부가　끝나고　집에　오자마
자
　　"엄마, 학교에　다녀왔습니다. 그런데
정민이가　오늘　학교에　결석했어요."
　　"그래, 잘　갔다　왔니? 정민이가　홍

역　때문에　몹시　아파서　학교에　못
갔단다."
하고　엄마가　얘기해　주셨습니다.
　　어제까지　건강하고　나를　괴롭히던　정
민이가　홍역에　걸려　집에만　누워　있다
니　웃음이　나왔습니다.
　　정민이는　심심하면　내　머리를　잡아당
기고, 내　치마에　물감을　칠하고, 내　연
필을　감추는　아주　말썽꾸러기였습니다.
　　나는　정민이가　미워서　운　적도　많았

습니다. 그런데 정민이가 홍역 때문에
학교에도 못 오고 집에만 있으니까 불
쌍했습니다. 홍역이라는 것이 개구쟁이
정민이를 꼼짝 못하게 하니 굉장히 무
서운 병인가 봅니다.
　'해해해, 난 홍역 예방 주사를 맞았
으니까 안심이야.'
하고 엄마한테 자랑을 했습니다.
　요즈음 홍역이 유행하니까 손과 발을 ∨
깨끗이 닦으라고 엄마가 말씀하셨습니다.

　정민이가 빨리 나아 놀이터에 가서
놀았으면 좋겠습니다.
[ 1 학 년 　 박 정 현 ]

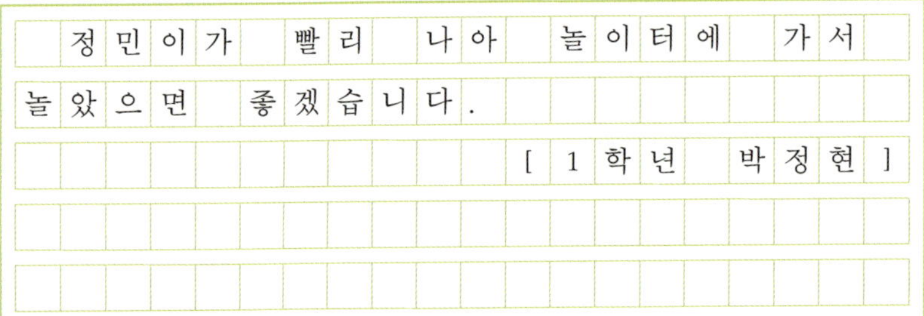


## 14, 15, 16쪽 해설 · 해답

### 해설

#### 학생 지도 방향

1. 이 단원도 11쪽과 같이 지도하면 됩니다. 그러나 이 단원에서는 생활문의 외형적인 문제보다는 내면적인 문제 즉, 하루하루를 살아가면서 성장하는 어린이들의 마음속 변화나 의식의 흐름을 표현한 생활문 보기 글을 통해 자기 자신의 내부 의식적인 문제를 생활문이라는 글의 형식을 통해 표현하게 하는 과정을 다루고 있습니다.
2. 그 다음 원고지에 옮겨 쓰기 과정에서는 글쓴이의 소속과 부서 또는 학교와 학년이 글의 첫머리에 나오는 경우 원고지에 어떻게 옮겨 적는가를 알게 하는 실기 훈련이 따르는 문항입니다.
3. 어린이들이 원고지에 옮겨 쓰기를 귀찮아 해도 글쓰기는 인식적 지식과 동적 손놀림을 통해 마음속에 도사리고 있는 글쓰기의 두려움부터 걷어내야만 상상력이 피어오른다는 점을 꼭 유념하셔서 여러 번 반복 훈련을 시켜 주시기 바랍니다.

 ➡ 15쪽 해답

<생 활 문 >

　　　　　　무서운　꿈

　　　　　대전　유성　초등　학교

　　　　　　　　　1학년　이원준

　저녁에　아주　무서운　꿈을　꾸었다.
　꿈속에서　형과　나는　옥상에서　칼싸움
을　하였다. 재미있게　놀다가　내려오는데 V
나는　무서워서　벌벌　떨고　있었다.
　형은　혼자　옆집의　옥상으로　뛰어가서 V

빨리　오라고　나를　놀리고　있었다.
　"형, 난　무서워서　못　가겠어."
　"이　바보야, 얼른　뛰어와."
하고　형이　소리를　질렀다.
　나도　화가　나서　옆집의　옥상으로　뛰
었는데　떨어졌다. 너무너무　무서워서　엉
엉　울었다. 그런데　눈을　떠　보니　꿈이
었다.
　엄마가　내　옆에서　뜨게질을　하고　계
셔서　엄마를　붙들고　엉엉　울었다.

## 아름다운 우리말 이야기

문 석양을 받아 멀리 수평선 위에서 번뜩이는 물결을 무엇이라고 말할까요?

답 까치놀

<table>
<tr><td>"원준아, 왜 그러니?"</td></tr>
<tr><td>"형은 악마야! 나를 배신했어."</td></tr>
<tr><td>나는 울면서 엄마에게 꿈 이야기를</td></tr>
<tr><td>했더니 깔깔 웃으셨다.</td></tr>
<tr><td>"우리 원준이 키가 많이 컸겠구나.</td></tr>
<tr><td>바로 그런 것이 키가 크는 꿈이란다."</td></tr>
<tr><td>하고 엄마는 나를 안아 주시면서 말씀</td></tr>
<tr><td>하셨다.</td></tr>
<tr><td>정말로 키가 많이 컸을까?</td></tr>
<tr><td>어서 빨리 형보다 키다 더 컸으면</td></tr>
</table>

<table>
<tr><td>좋겠다.</td></tr>
<tr><td></td></tr>
<tr><td></td></tr>
</table>

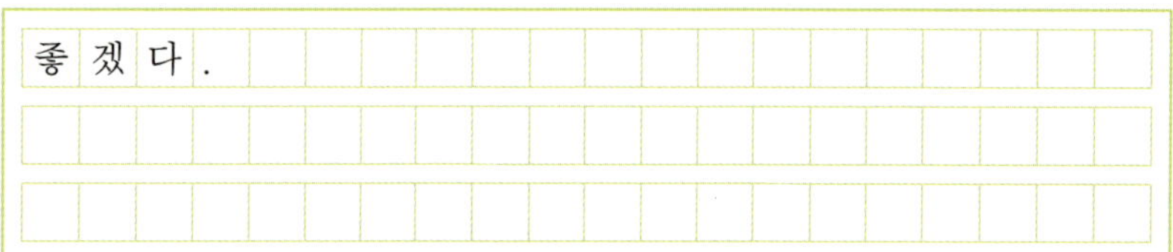

◯ 17, 18, 19쪽 해설 · 해답

해설

### 학생 지도 방향

1. 이 단원도 학생 지도 방향은 앞의 단원과 비슷합니다. 그러나 이 단원에서는 앞의 단원에서 체험하지 못한 '동화 구연'이라는 새로운 과제를 보기 글을 통해 간접적으로 체험하는 과정이 곁들여져 있습니다.

2. 이 점을 염두에 두고 어린이들에게 다른 친구가 쓴 동화나 동시를 자신이 읽어서 내용을 파악한 뒤, 꼭 입으로 소리내어 발표하면서 시냇물이 흘러가듯 요소요소마다 감정과 제스쳐가 곁들여지도록 하면 어린이의 발표력이 향상된다는 점을 생각하면서 지도해 주십시오.

● 18쪽 해답

〈 생활문 〉

|  |  |  |
|---|---|---|
| 동화 구연 대회 | | |
| 부산 동래 초등 학교 | | |
| 2 학년 김은지 | | |

　선생님이 다음주 금요일에 동화 구연 ∨
대회를 한다고 하셨다.
　나는 집으로 와서 엄마한테 무엇으로 ∨
하냐고 물어 보았다.
　"네가 배운 책에서 골라 봐."

　나는 책을 꺼내 죽 훑어 보았다.
　"엄마, '파도는 지우개' 야 할까?"
　"그래, 그게 재미있겠다."
하고 엄마가 웃으셨다.
　"파도가 찰랑찰랑 그 담에 뭐지?"
　이렇게 나는 한 줄씩 천천히 읽으면
서 열심히 외웠다.
　우리 반은 학교 대회에 나간다는 아
이들이 너무 많아서 교실에서 우선 동
화 구연 대회를 하였다. 나는 가슴이

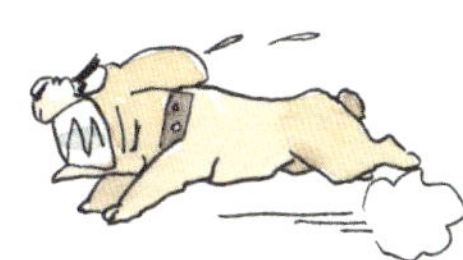

| 마 | 구 | | 떨 | 렸 | 지 | 만 | | 천 | 천 | 히 | | 발 | 표 | 했 | 다 | . | | |
| 　 | 선 | 생 | 님 | 이 | | 후 | 보 | 에 | | 오 | 른 | | 사 | 람 | 은 | | 4 | 명 | 이 |
| 라 | 고 | | 하 | 셨 | 다 | . | | | | | | | | | | | | |
| 　 | “ | 김 | 은 | 지 | ! | ” | | | | | | | | | | | | |
| 하 | 고 | | 내 | | 이 | 름 | 이 | | 톡 | | 튀 | 어 | 나 | 와 | | 나 | 는 | | 깜 |
| 짝 | | 놀 | 랐 | 고 | | 기 | 뻤 | 다 | . | | | | | | | | | |
| 　 | 나 | 는 | | 집 | 에 | 서 | | 더 | | 열 | 심 | 히 | | 목 | 소 | 리 | 를 | | 크 |
| 게 | | 하 | 며 | | 연 | 습 | 했 | 다 | . | | | | | | | | | |
| 　 | “ | 엄 | 마 | , | | 나 | | 뽑 | 힐 | | 수 | | 있 | 을 | 까 | ? | ” | |
| 하 | 고 | | 나 | 는 | | 걱 | 정 | 이 | | 되 | 어 | 서 | | 엄 | 마 | | 손 | 을 | |

| 꼭 | | 잡 | 았 | 다 | 고 | | 얘 | 기 | 를 | | 했 | 다 | . | | | | | |
| 　 | “ | 안 | | 뽑 | 히 | 면 | | 어 | 때 | . | 엄 | 만 | | 예 | 선 | 에 | | 오 | 른 | ∨ |
| 것 | 만 | 으 | 로 | 도 | | 기 | 뻐 | . | ” | | | | | | | | |
| 　 | “ | 정 | 말 | ? | ” | | | | | | | | | | | | |
| 　 | 저 | 녁 | 때 | 가 | | 되 | 었 | 다 | . | 아 | 빠 | , | 엄 | 마 | , | | 오 | 빠 | 가 |
| 있 | 는 | | 식 | 탁 | 에 | 서 | | 진 | 짜 | 처 | 럼 | | 동 | 화 | | 발 | 표 | 를 |
| 하 | 고 | | 학 | 교 | | 대 | 회 | 에 | | 나 | 갔 | 다 | . | | | | | |
| 　 | 발 | 표 | 하 | 는 | | 날 | | 내 | | 차 | 례 | 가 | | 되 | 어 | | 발 | 표 | 를 | ∨ |
| 했 | 는 | 데 | | 뽑 | 히 | 지 | | 못 | 했 | 다 | . | | | | | | | |
| 　 | 나 | 는 | | 섭 | 섭 | 했 | 다 | . | 열 | 심 | 히 | | 하 | 였 | 는 | 데 | …… | . |



### ▶ 20, 21쪽 해설 · 해답

**해설**

**학생 지도 방향**

1. 어린이들뿐 아니라 어른들도 글을 쓸 때 얼개를 짜지 않고 쓰기 때문에 글의 길이가 짧아지기 마련이지요. 집을 지을 때 설계도를 그리고 그에 맞춰 짓듯이, 글을 쓸 때도 계획을 세우고 그에 따라 자세히

쓰는 게 좋습니다. 그래야 글을 길게 쓸 수 있답니다.

2. 해답은 생각하는 방향에 따라 여러 개가 나올 수 있으며, 여러 유형의 답 중 그 하나는 아래와 같습니다.

 ➡ 21쪽 해답

- 제　　목 : 착각 때문에
- 앞　　부분 : 1. 선생님이 '산에 사는 것' 물음.
　　　　　　　2. 갑자기 '산낙지' 생각이 남.
- 가운데 부분 : 1. 산낙지라고 대답함.
　　　　　　　2. 아이들이 웃어서 당황함.
　　　　　　　3. 내 말이 맞지 않느냐고 선생님께 응원 청함.
- 끝　　부분 : 1. 그게 아니라는 선생님의 설명 듣고 부끄러움.
　　　　　　　2. 방과 후에도 아이들이 놀려서 후회함.

➡ 22, 23, 24쪽 해설 · 해답

학생 지도 방향

1. 대화글을 찾아 큰따옴표로 묶는 일은 쉬운 것 같으면서도 쉽지 않습니다. 이 쪽에서는 대화글을 찾아내는 일과 문단을 갈라 쓰는 법을 종합적으로 공부하는 과정입니다. 이런 작업들은 원고지에다 직접 하는 게 효과적입니다.

 ➡ 22쪽 해답

꽃밭에서

푸르니와 오빠는 늘 사이좋게 꽃밭에서 놀았습니다.
푸르니와 아람이는 항상 사이좋게 놀지만 가끔 꽃 때문에 다투었습니다.
"푸른아, 너는 어떤 꽃이 제일 예쁘니?"
"이거."
하고 푸르니는 가장 곱게 핀 장미꽃을 가리켰습니다.
　"오빠는?"

아람이도 그 장미꽃이 가장 예쁘다고 말했습니다.
"오빠, 그러는 게 어디 있어? 내가 가리킨 장미꽃을 자기도 예쁘다고 하면 어떻게 해."
푸르니는 뾰르통해졌습니다.
아람이도 화가 나서 장미꽃은 자기 꽃이라고 우겼습니다.
"오빠는 나빠! 돼지 같아."
푸르니가 반은 울면서 대들었습니다.

**해답** ➡ **23쪽 해답**

| 〈 | 생 | 활 | 문 | 〉 | | | | | | | | | | | |
|---|---|---|---|---|---|---|---|---|---|---|---|---|---|---|---|
| | | | | | | | | 꽃 | 밭 | 에 | 서 | | | | |
| | | | | | | | 대 | 구 | | 시 | 지 | | 초 | 등 | 학 교 |
| | | | | | | | | 2 | 학 | 년 | | 이 | | 푸 | 르 니 |
| | | | | | | | | | | | | | | | |
| | 푸 | 르 | 니 | 와 | | 오 | 빠 | 는 | | 늘 | | 사 | 이 좋 게 | | 꽃 밭 에 |
| 서 | | 놀 | 았 | 습 | 니 | 다 | . | | | | | | | | |
| | 푸 | 르 | 니 | 와 | | 아 | 람 | 이 | 는 | | 항 | 상 | | 사 이 좋 게 | 놀 |
| 지 | 만 | | 가 | 끔 | | 꽃 | | 때 | 문 | 에 | | 다 | 투 었 습 니 | 다 | . |
| | " | 푸 | 른 | 아 | , | | 너 | 는 | | 어 | 떤 | | 꽃 이 | | 제 일 | 예 쁘 |

| 니 | ? | " | | | | | | | | | | | | | |
|---|---|---|---|---|---|---|---|---|---|---|---|---|---|---|---|
| | " | 이 | 거 | . | " | | | | | | | | | | |
| 하 | 고 | | 푸 | 르 | 니 | 는 | | 가 | 장 | | 곱 | 게 | | 핀 | 장 미 꽃 을 | ∨ |
| 가 | 리 | 켰 | 습 | 니 | 다 | . | | | | | | | | | |
| | " | 오 | 빠 | 는 | ? | " | | | | | | | | | |
| | 아 | 람 | 이 | 도 | | 그 | | 장 | 미 꽃 이 | | 가 | 장 | | 예 쁘 다 고 | ∨ |
| 말 | 했 | 습 | 니 | 다 | . | | | | | | | | | | |
| | " | 오 | 빠 | , | | 그 | 러 | 는 | | 게 | | 어 | 디 | | 있 어 ? | 내 가 | ∨ |
| 가 | 리 | 킨 | | 장 | 미 꽃 을 | | 자 | 기 도 | | 예 | 쁘 | 다 고 | | 하 |
| 면 | | 어 | 떻 | 게 | | 해 | . | " | | | | | | | |

| 푸 | 르 | 니 | 는 |  | 뾰 | 르 | 퉁 | 해 | 졌 | 습 | 니 | 다 | . |  |
|---|---|---|---|---|---|---|---|---|---|---|---|---|---|---|
| 아 | 람 | 이 | 도 |  | 화 | 가 |  | 나 | 서 |  | 장 | 미 | 꽃 | 은 |  | 자 | 기 |
| 꽃 | 이 | 라 | 고 |  | 우 | 겼 | 습 | 니 | 다 | . |  |  |  |  |
|  | " | 오 | 빠 | 는 |  | 나 | 빠 | ! |  | 돼 | 지 |  | 같 | 아 | ! " |
| 푸 | 르 | 니 | 가 |  | 반 | 은 |  | 울 | 면 | 서 |  | 대 | 들 | 었 | 습 | 니 | 다 | . |

## 25쪽 해설 · 해답

### 학생 지도 방향

1. 짧은 두 문장을 잘 어울리는 하나의 문장으로 합쳐 보는 공부입니다.
2. 필요 없는 문장이나 중복되는 문장은 빼 버려도 됩니다.
3. 먼저 어린이들이 스스로 하게 해놓고, 처음부터 같이 짚어가면서 확인해 보는 게 효과적입니다.
4. 해답은 생각하는 방향에 따라 여러 개가 나올 수 있으며, 여러 유형의 답 중 그 하나는 아래와 같습니다.

 **25쪽 해답**

### 전화

전화 소리가 시끄럽게 울렸다.
나는 레고를 가지고 놀다가 전화를 받았다.
"누구세요?"
"야, 바보야! 약오르지."
하면서 누가 장난 전화를 하였다.
"야, 너 누구야!"
나도 화가 나서 소리를 질렀다. 그러나 벌써 통화가 끊어졌다.
나는 다시 레고 놀이를 하고 있을 때 전화벨이 울렸다.
"야! 장난 전화 하지 마!"
하고 내가 소리를 질렀다.
그 때 저쪽에서 소리가 들렸다.
"아빠다. 엄마한테 늦는다고 전해라."
나는 가슴이 철렁했다.

**26, 27, 28쪽 해설·해답**

**학생 지도 방향**

1. 앞 부분의 내용에 맞게 자기 상상력을 발휘하여 끝 부분을 완성케 하십시오. 그럴 때 자기가 이 이야기의 주인공이 됐다고 생각하는 게 글을 쉽게 쓰는 방법입니다. 누구나 자기 경험은 쉽게 쓸 수 있으니까요.

**해답**

생략

**30쪽 해설·해답**

**학생 지도 방향**

1. 퍼즐은 어린이뿐만 아니라 어른도 즐겨하는 것이지요. 여기서는 글쓰기와 관계 없는 일반 내용들을 가지고 퍼즐을 꾸몄습니다. 그렇게 하여 어휘력을 늘리도록 배려했습니다.
2. 서로서로 직접 간단한 퍼즐을 출제하게 해 보는 것도 좋은 방법입니다.

**해답**

| 세 | 종 | 대 | 왕 |  | 일 | 기 |
|---|---|---|---|---|---|---|
| 로 |  | 포 |  | 홍 |  | 린 |
| 줄 |  |  | 동 | 시 | 집 |  |
|  | 실 | 내 | 화 |  |  | 아 |
| 문 |  | 과 |  | 송 |  | 지 |
| 익 |  |  | 고 | 아 |  | 랑 |
| 점 | 쟁 | 이 |  | 지 | 팡 | 이 |

## 동시쓰기

### 39쪽 해설·해답

**[해설]**

**학생 지도 방향**

1. 의성어·의태어가 동시 부문처럼 많이 쓰이는 곳도 없습니다. 이 부분과 같은 과정은 앞에서도 이미 다뤘습니다.
2. 해답은 생각하는 방향에 따라 여러 개가 나올 수 있으며, 여러 유형의 답 중 그 하나는 아래와 같습니다.

**[해답]**

● **문장에 흉내내는 말을 써 넣어 봅시다.**

| | | | | |
|---|---|---|---|---|
| 1. 파릇파릇 | 2. 껑충껑충 | 3. 뒤뚱뒤뚱 | 4. 또르르또르르 | 5. 덜컹덜컹 |
| 6. 싹둑싹둑 | 7. 한들한들 | 8. 보글보글 | 9. 조롱조롱 | 10. 벌킥벌킥 |

### 40쪽 해설·해답

**[해설]**

**학생 지도 방향**

1. 어떤 낱말을 보고 떠오르는 것이 많다는 것은 그만큼 생각의 폭이 넓다는 것입니다. 이런 사람은 글도 자세하고 길며 재미있게 쓸 수 있는 자질을 갖고 있는 셈이죠. 이렇게 연상한 낱말들을 가지고 동시의 연을 나누면 내용이 한 방향으로 흐르죠.
2. 해답은 생각하는 방향에 따라 여러 개가 나올 수 있으며, 여러 유형의 답 중 그 하나는 아래와 같습니다.

**[해답]**

● **다음 낱말을 보고 떠오르는 말을 써 봅시다.**

놀이터 : 미끄럼틀, 시소, 철봉, 정글짐, 친구들  
어머니 : 요리, 웃음, 빨래, 청소, 화장품  

여름 방학 : 할머니 댁, 선풍기, 수영, 여행, 계곡  
빨강색 : 신호등, 딸기, 앵두, 사과, 토마토

**41쪽 해설·해답**

### 해설

**학생 지도 방향**

1. 평범한 문장을 명사로 끝나게 변형시켜 보는 과정입니다. 문장이 명사로 끝나면 종결어미로 끝날 때 보다 느낌이 강렬한 장점이 있습니다. 그러므로 동시를 쓸 때 어느쪽을 택하여야 더 효과적인가는 여러분이 잘 알 일입니다.

### 해답

● **말의 순서를 바꾸어 써 봅시다.**

| | | |
|---|---|---|
| 1. 넓은 바다 | 2. 아름다운 노을 | 3. 날아가는 제비 |
| 4. 방긋 웃는 아기 | 5. 솔솔 부는 바람 | 6. 줄지어 가는 개미 |

**42쪽 해설·해답**

### 해설

**학생 지도 방향**

1. 여기서는 명사로 문장이 끝나더라도 앞에 흉내말을 넣어 문장을 아름답게 수식해 주는 것을 배우는 과정입니다. 흉내말을 쓰면 문장이 한결 리듬감이 있어 읽는 이를 즐겁게 하는 효과가 있답니다.
2. 해답은 생각하는 방향에 따라 여러 개가 나올 수 있으며, 여러 유형의 답 중 그 하나는 아래와 같습니다.

### 해답

● **흉내내는 말을 넣어 문장을 만들어 봅시다.**

1. 쑥쑥 커 가는 오이
2. 개굴개굴 노래하는 개구리
3. 데굴데굴 굴러가는 도토리
4. 뱅글뱅글 돌아가는 팽이
5. 방실방실 웃는 아기
6. 종종종 걸어가는 병아리

## 43쪽 해설 · 해답

해 설

**학생 지도 방향**

1. 어린이들이 동시를 쓴다면 산문을 연만 나눠놓고 동시라고 하기가 쉽습니다. 이는 무리가 아닙니다. 그런 과정을 거쳐야 짧으면서도 할 소리를 다 담고 있는 동시를 쓰게 마련입니다.
2. 여기서는 빈 칸에 알맞은 문장으로 눈의 이미지를 나타내보게 하여 동시를 친숙하게 만들도록 했습니다.
3. 해답은 생각하는 방향에 따라 여러 개가 나올 수 있으며, 여러 유형의 답 중 그 하나는 아래와 같습니다.

해 답

● 다음 동시를 완성해 봅시다.

눈

아침에 일어나
　창문을 열고　　보니까
온 세상이
　하얀 나라로　　변했어요.

우리 집 앞
　대추나무도
　전봇대도
　아빠 자동차도
하얀 털옷을 입었어요.

우리 집 강아지도
하얀 솜이불을 덮고
　포근하게 잘　　잤다고
　꼬리를 흔들며
인사하네요.

# 신바람 글쓰기

 해설

## 학생 지도 방향

1. 43쪽과 비슷한 과정의 공부입니다.
2. 해답은 생각하는 방향에 따라 여러 개가 나올 수 있으며, 여러 유형의 답 중 그 하나는 아래와 같습니다.

 해답

● 다음 동시를 완성해 봅시다.

생일

우리 집 달력마다
커다란 동그라미
오늘은
기다리던 내 생일입니다.

내가 좋아하는
갈비찜, 탕수육, 피자
상 위에 가득합니다.
그러나 상 가운데 우뚝 선
생일 케익이   눈에 띕니다.


"후."
하고 내가 촛불을 끄니
아이들이
손뼉을 칩니다.
친구들의 선물을 풀러 보니
동화책, 수첩, 장난감
나는 금방   부자가   된 것 같습니다.

시계

책상 위에
우두커니 앉아 있는
빨간 코끼리 시계
막내 고모가
사다 준 예쁜 시계입니다.

내가 좋아하는
친구들과 공놀이하는   시간,
만화 영화 보는   시간,
의사 놀이 하는   시간에는
코끼리 시계가 빨리빨리 달려갑니다.

내가 싫어하는
숙제하는   시간,
피아노 연습하는   시간,
엄마한테 야단맞는   시간에는
코끼리 시계가 느릿느릿 기어갑니다.

## 46, 47쪽 해설 · 해답

**학생 지도 방향**

1. 44쪽과 45쪽의 동시를 여러 번 읽게 한 후 아버지와 함께 생활했던 일을 떠올려 동시를 지어보게 합니다. 안 되면 서너 줄의 짧은 동시라도 좋습니다. 그 다음은 47쪽의 시화를 그리는 쪽에다 옮겨 적게 한 후 그에 어울리는 간단한 그림도 34~35쪽을 보고 그려 보라고 합니다. 그러면서 창작의 두려움을 떨쳐버리게 됩니다.

○ **46, 47, 48, 49, 50쪽 해답** ➡ 생략

## 편지쓰기

## 55, 56, 57쪽 해설 · 해답

**학생 지도 방향**

1. 편지를 쓸 때는 각 부분마다 꼭 써야 할 내용이 있다는 것을 알아야 합니다. 이 쪽에서는 써야 할 내용들을 안내했으니 그대로만 쓰면 됩니다. 그리고 57쪽 위문 편지를 쓸 때도 격식은 같습니다. 하지만 위문 편지는 다른 사람들에게도 쓸 수 있다는 것을 지도하시기 바랍니다.

○ **57쪽 해답** ➡ 생략

## 59쪽 해설 · 해답

**학생 지도 방향**

1. 편지 내용은 그런 대로 쓰지만 편지 봉투 쓰는 방법은 잘 느낄 수 없음을 지도하며, 봉투를 제대로 쓸 수 있게 해야 합니다. 이 때 주소 쓰는 범위가 아래 위, 좌우로 1/2 이상을 차지하면 좋지 않습니다.

생략

○ 60쪽 해설 · 해답

**학생 지도 방향**

1. 글쓰기는 지루한 학습이기 때문에 중간에 미로찾기를 넣었습니다. 세칭 '사다리타기' 라는 놀이이지요. 같이 해보면 재미가 있고, 재미있어 웃다 보면 수업이 즐겁게 진행된답니다.

● 수진 : 게임기   ● 선영 : 필통   ● 지호 : 모자   ● 승기 : 인형   ● 혜영 : 동화책

## 넷째마당 독서 감상문 쓰기

○ 64, 65, 66쪽 해설 · 해답

**학생 지도 방향**

1. 여기서는 책을 읽고 그 줄거리나 내용을 알아보는 독해력 문제입니다. 이러한 훈련은 독서 감상문을 쓸 때 꼭 필요한 과정입니다. 자기 생각이나 느낌을 많이(길게) 쓰게 지도하십시오. 독자의 생각과 느낌이 많이 들어간 것이 좋은 독서 감상문이 될 가능성이 크거든요.
2. 해답은 생각하는 방향에 따라 여러 개가 나올 수 있으며, 여러 유형의 답 중 그 하나는 아래와 같습니다.

   ○ 66쪽 해답

1. 할아버지와 할머니가 기르는 암탉이 날마다 황금 달걀을 낳아서 금방 부자가 되었다.

2. 하루에 한 개씩 꺼내는 황금 달걀을 한꺼번에 꺼내면 더 큰 부자가 될 수 있다고 생각해서 암탉을 잡았다.
3. 할아버지와 할머니처럼 지나친 욕심을 부리면 안 된다.
4. 생략(어린이들이 어떤 생각을 하는지 꼭 확인하고 읽어 주면서 틀린 글자를 고쳐 줍니다.)

## 67, 68, 69쪽 해설·해답

**학생 지도 방향**

1. 66쪽과 비슷한 내용입니다.

1. 토끼는 높은 가지에 열린 돌배를 장대를 만들어서 땄다.
   여우는 톱으로 돌배나무 밑둥을 잘라서 돌배를 땄다.
2. 토끼의 돌배나무는 돌배가 많이 열렸다.
   여우의 돌배나무는 밑둥에서 새로 돋아난 어린 가지들만 바람에 흔들리고 있었다.
3. 생략(어린이들이 어떤 생각을 하는지 꼭 확인하고 읽어 주면서 틀린 글자를 고쳐 줍니다.)

## 70, 71쪽 해설·해답

**학생 지도 방향**

1. 앞의 64~69쪽과 비슷한 줄거리와 내용을 어린이들 스스로의 힘으로 파악하는 독해력 문제입니다.
2. 이런 독해력 문제는 여러 차례 읽으면서 주인공과 보조 인물의 성격을 파악하는 일이 제일 중요하고
   그 다음은 글 속에서 발생하는 사건의 흐름을 파악해 내는 일이지요.

1. 백설 공주에게 독이 든 사과를 먹여 죽일 만큼 악독한 여자. 놀부처럼 지독하고 심술궂은 여자.
2. 새 왕비에게 백설 공주를 죽이라는 명령을 받았으나 백설 공주를 죽이는 일은 나쁜 일이므로 명령에 따르
   지 않으면서 백설 공주를 살려 주었다. 나쁜 일을 하지 않는 착한 사람.
3. 무서운 숲 속에서.
4. 생략.

# 신바람 글쓰기

72, 73, 74, 75, 76쪽 해설 · 해답

**해설**

**학생 지도 방향**

1. 여기도 앞에서 다룬 내용들과 비슷합니다. 독서 감상문 쓸 자료들을 찬찬히 메모하면서 쓰게 하는 게 좋습니다. 책을 읽을 때도 속독보다는 정독이 좋습니다. 그래야 책 내용을 잘 파악하거든요.
2. 해답은 생각하는 방향에 따라 여러 개가 나올 수 있으며, 여러 유형의 답 중 그 하나는 아래와 같습니다.

**해답**  76쪽 해답

1. 제목 : 황소와 다람쥐    지은이 : 이동렬
2. 산불.
3. 황소.
4. 지쳐 쓰러져 있는 다른 친구들이 생각나서.
5. 밥그릇이 너무 커서.
6. 다람쥐.
7. 생략.
   (자기 생각을 꼭 쓰게 한 후 그 내용을 점검하고 읽어주면서 틀린 글자를 바로잡아 줍니다.)

77, 78, 79, 80, 81, 82쪽 해설 · 해답

**해설**

**학생 지도 방향**

1. 문제의 유형은 앞에서 다룬 내용들과 비슷합니다. 다만 독서 감상문을 쓸 자료(읽을 거리)가 초등 학교 저학년 어린이들에게는 학생에 따라 좀 길다는 것입니다. 그렇지만 이런 긴 글도 빨리 빨리 읽으면서 그 내용을 파악할 수 있는 힘은 반복되는 독서에서 생겨난다는 것을 어린이들에게 인식시키면서 재미있게 읽도록 합니다. 그리고 해답은 생각하는 방향에 따라 여러 개가 나올 수 있으며, 여러 유형의 답 중 그 하나는 아래와 같습니다.

**해답**  82쪽 해답

1. 꼬꼬의 숲 속 여행.
2. 꼬꼬.
3. 우리를 해치는 나쁜 동물들이 있어서.
4. 모이를 먹을 때.

5. 뜸부기.
6. 큰 나무, 집채만한 바위, 아름다운 꽃, 고운 노래를 부르는 새.
7. 숲 속 바람.
8. 생략(자기 생각을 꼭 쓰게 한 후 그 내용을 점검하고 읽어주면서 틀린 글자를 바로 잡아 줍니다.)

## ▶ 83, 84, 85, 86, 87, 88쪽 해설 · 해답

### 학생 지도 방향

1. 문제는 앞에 다룬 것들과 비슷한 내용입니다. 하지막 창작 동화 · 이솝 우화 · 위인 이야기 · 전래 동화 · 세계 명작 등을 골고루 읽게 배려했으니 참고 바랍니다.
2. 해답은 생각하는 방향에 따라 여러 개가 나올 수 있으며, 여러 유형의 답 중 그 하나는 아래와 같습니다.

### ▶ 88쪽 해답

1. 손바닥 위에 바위 옷을 뜯어 깔고 그 위에 새알을 놓았다.
2. 목사님.
3. 할아버지와 할머니.
4. 아름답고 향기가 나는 꽃.
5. 몸을 쭉 늘었다가 오므리면 앞으로 쑥 나간다.
6. 베짱이는 다리로 옆구리를 비벼대어 소리를 낸다.
7. 생략(자기 생각을 꼭 쓰게 한 후 그 내용을 점검하고 읽어주면서 틀리 글자를 바로 잡아 줍니다.)

## ▶ 89, 90, 91, 92쪽 해설 · 해답

### 학생 지도 방향

1. 독서 기록 카드 작성 훈련은 앞으로 어린이들에게 필요한 논리력, 또는 논리적 추리력과 상급 학교에서 요구하는 보고서나 리포트 작성력을 키워주는 기초 과정이므로 소홀히 다룰 수 없는 과정입니다.
2. 특히 주인공의 성격과 특징, 기억에 남는 내용, 나의 생각이나 느낌 난은 문제의 핵심을 간추려서 글로 표현하는 힘을 키우는 기초 과정이므로 늘 관심을 가지고 지도하고, 지도한 후는 꼭 내용을 점검해 틀린 글자를 고쳐주면서 다시 한번 관심을 가져 주는 일이 중요합니다.

## 94, 95, 96, 97쪽 해설 · 해답

### 해설

#### 학생 지도 방향

1. 자기 힘으로 읽고 싶은 책을 선정하게 하고, 가정 형편상 자기가 읽고 싶은 책을 구할 수 없는 어린이 들에게는 인근의 마을문고나 국립 · 시립 도서관으로 찾아가서 자기가 읽고 싶은 책을 대여해서 읽게 하고, 그 읽은 소감을 꼭 일정한 형식(독서 기록 카드)에 맞춰 기록을 남기게 하는 과정은 후일 문서 작성 능력, 또는 리포트 작성 능력을 키워주는 기초 과정입니다.
2. 그리고 문서 작성 능력과 리포트 작성 능력은 요사이처럼 컴퓨터에 의지해 모든 것을 해결하는 어린 이들에게는 필수적으로 갖추어야 할 능력입니다. 이 능력을 갖추지 못하면 상급 학년에서 요구하는 논술 시험은 물론 논리력과 논리적 추리력, 나아가 상상력은 절대로 키워지지 않는다는 점을 유의해 주십시오.

## 98, 99, 100쪽 해설 · 해답

### 해설

#### 학생 지도 방향

1. 어린이들에게 무언가를 해보고 싶게 하는 기초적 지적 욕망과, 이 욕망에 따라 몸을 움직이게 하는 행 위적 목표, 즉 실현 가능한 것을 자기 판단력으로 선정해 이를 이행함으로써 크나큰 성취감을 체험케 하고, 그런 체험을 통해 무한한 야심을 키우면서 자기가 하고 싶은 일을 끊임없이 하게끔 하는 과정 입니다.
2. 소홀히 보지 마시고 어린이가 자기 힘으로 책을 선정하게 하고, 그 다음은 실천에 옮길 수 있도록 학 부모와 선생님이 함께 격려하고 관심을 보여 주십시오.
3. 이런 계획이 성과를 거두어 초등 학교 시절 어린이 책 500권만 독서할 수 있다면 논술 시험은 그렇게 걱정하지 않아도 될 것입니다.

### 잠깐 쉼터  아름다운 우리말 이야기

문 아들만 여럿 있는 집에 예쁜 딸이 태어났습니다. 이런 외딸을 무엇이라고 부를까요?

답 고명딸

 (Geurae Geurae)는 호기심 많은 어린이들의 탐구적 의미의 질문에 어머니나 어른들이 응답하는 소리말(그래그래, 알았다, 그렇게 하자)에서 나온 순수한 우리말로, 현대적 의미는 "동조 또는 화합해서 새로운 가치의 세계로 전진한다" 는 이미지로 사용되고 있습니다.

신바람 글쓰기  논술의 기초를 확실히 다지는 초등 학생 글쓰기 실기 훈련 프로그램입니다.

# 2 초급 높은반 용 6권 중 제2권 운문과 산문 쓰기

- 1판 1쇄 인쇄한 날 | 2006년 1월 5일
- 1판 1쇄 펴낸 날 | 2006년 1월 10일
- 지은이 | 이경자 · 이동렬 함께 지음
- 그린이 | 채윤남
- 펴낸이 | 김송희
- 펴낸곳 | 도서 출판 그래그래

  주소 405-815 / 인천광역시 남동구 간석3동 919-4호

  전화 (032)463-8355(대표)

  팩스 (032)463-8339(전용)

  홈페이지 http://www.Jaryoweon.co.kr

  이메일 Jrw92@Jaryoweon.co.kr

- 출판 등록 | 2002년 11월 20일 제353-2004-000011호
- 본문 기획 · 편집 · 디자인 | 서동익
- 표지 디자인 | 강영미
- 컴퓨터그래픽 · 일러스트레이팅 | Photoshop & illustrating

ⓒ 이경자 · 이동렬 2005. Printed in korea

ISBN 89 - 90469 - 08 - 2    63810
ISBN 89 - 90469 - 06 - 6    (전6권)

※잘못된 책은 바꾸어 드립니다.